自閉症の息子と育つ
こぼんちゃん日記
小亀文子 著
Kogame Ayako
クリエイツかもがわ
CREATES KAMOGAWA

なつみとけいすけ

PROLOGUE
はじめに

「自閉症」という障がいをもって生まれてきた息子……。

その自閉症児の成せるわざ、ユニークな世界を感じたままに綴った日記「こぼんちゃん日記」と、たくさんの人に宛てた手紙を織りまぜながら、息子を取り巻く風景をありのままに描いてみました。

息子と私たち家族のことを応援してくれた、たくさんのみなさんに感謝の気持ちを込めて……。


DNA……

昭和のよき時代……私が生まれ育った岸和田の家は古くて雨漏りするのがたまにきずだったが、台所は土間になっていて縁側があり、庭も広く、季節になると庭を囲っている白いブロック塀の上にはたくさんの真っ赤なバラが垂れさがり、二人乗りのブランコのある「借家」だった。

その家に、大正生まれの祖母（キシノばぁちゃん）と母親、ジャズのドラム演奏をしている叔父が一緒に暮らしている時期もあった。祖母は祖父とは別居中だったようで、京都に嫁いだ母も離婚し、私を連れ岸和田に戻ってきた「出戻り」だ。そんな中、わが家は叔父のドラムの練習のおかげでいつもジャズ調のリズムが流れ、休日には叔父と同じくカーリーヘアにひげを生やした人たちが楽器を持って訪れ、祖母が作る料理を食べながら、故郷を思い出し涙する人もいた。その叔父は母の3人きょうだいの一番下の弟で、当時ラジオに出ていたり、確かテレビにも出ていたことがあった。そして、70歳近くになった今でもこじゃれている。

それから、この家で少しやっかいなのは、「出戻り」の母親だ。離婚がつらかったのか、たびたび、夜に飲んだくれて帰宅し、祖母にこっぴどく叱られていた。その姿と次の日にトイレで派手に吐いている音声はたまに思い出す時がある。小さいなりに「大人って大変だなあ」と思った記憶があるが、私自身幼かったせいかつらくはなかった。母親とは縁があるのか今でも一緒に暮らしている。

そんなこんなで、家事全般と私の面倒をみてくれていた祖母。夏は暑いと言って汗止めのタオルを頭に巻き、上半身は豊満な胸を放り出して庭の手入れをしていた。そして祖母の口癖のような教えは「人は人、己は己」「ボロは着てても心は錦」「上見て暮らすな。下見て暮らせ。上には星（欲しい）の星だらけ」など。戦争を生き抜いてきた人らしい教訓だと思うが、祖母の数々の教えすべてが、後々私の生きていく道で知らず知らずのうちに大きな影響を与えてくれている。

そんな祖母のところには、ご近所の奥様方が絶えずいろいろな相談をしに訪れていたようだ。祖母は口が悪く、とても人づきあいがよいとは思えなかったが、私は祖母が大好きだった。そして、家風呂など滅多になく大衆浴場が一般的だった時代に、外に遊びに行ってはドブにはまり、悪臭を漂わせドロドロになって帰ってきたり、小さい頃から放浪癖があり、たびたび迷子になる世話のかかる私をとてもかわいがり「みんなから愛される人間になれ」と、いろいろな話を聞かせてくれた。毎日二人で近くの市場へ買い物に行き、夕方にはお年寄りのたまり場である銭湯の一番風呂に入って、丸くて白い背中を洗ってあげると、えへへ……えへへ……とうれしそうにしていた顔を思い出す。子守唄は「月が～出た出たぁ～月がぁ出た～あ、よいよい」と炭坑節。そして、祖母の影響で私は浪曲を聴き、好んで観るテレビ番組は時代劇、夕方には相撲の観戦といった日々を送っていた。その時代劇の中でも「水戸黄門」が大好きで主題歌である「じ～んせい、楽ありゃ苦もあるさ～。涙のあとにはに～じも出～る～」という歌詞に幼いながらも感銘を受ける。同じ世代の人は懐かしく思うだろう。それからこの時代、母子家庭は今と違って珍しく、日中、母親が家にいる家庭が多い中、「出戻り」の母はがっつり働きに行かなければならなかった。その頃のわが家は、気づかなかったがおそらく世で言う「貧乏…」だったのかもしれない。しかし、そんな家庭状況の中、どういうわけか……「お嬢様」と思っていた自分がいた。（心は錦……）母親は、おかずは作らなかったが、私には少々高級そうに見える服を着せ、毎日髪をリボンで結わえてくれた。そのせいもあるのか。「お嬢様」と思わせてくれた母親に拍手だ。

ある日、祖母が私に「おまえは小さい時につらい思いをしたから、大きくなったらきっと幸せになる」と断言。（そうか…水戸黄門のあの歌詞だ！　涙の後には虹が出るのだ）。それでも、つらい思いをした覚えのない私は「幸せになる」ということだけをイメージして大きくなった。祖母はきっと小さい頃から父親のいない私を不憫に思い、私の幸せを願ってくれたのだろう。祖母は私があと少しで高校を卒業し、恩返しができると思っていた矢先に天国へ逝ってしまった。この時はさすがにつらく、身近な大切な人の死というものを初めて味わい、ただただ悲しかった。でも一番頼りにしていた母親がこの世からいなくなり、おまけに全く家事ができなかった私の母はそれどころではなく途方にくれていただろう。

それから……暗い押し入れに自ら入り空想をしたり、天井にできている雨漏りのシミの模様を眺めては物思いにふけったり、鼻血が出るほどぬりえに没頭したりと、幼い頃から一人遊びが得意な私だったが、父親ときょうだいがいなくても寂しい思いをしなかったのは、母のすぐ下の弟であるもう一人の叔父が、自分の息子たちと私をきょうだいであるかのようにどこへ行くのも一緒に連れて行ってくれ、叔母も同じように私をかわいがってくれたからだ。そして、二人の叔父の子、つまり私のいとこたち男三人は、祖母のいるブランコのある家にしょっちゅう遊びに来ていた。そして、大人になった今でもみんなで集まり、なんと、漫画家になったいとこを中心に、昔の話やそれぞれの親の特徴、自分たちのこれからの夢、そして、どこまでも広がる空想の話をくり広げ、みんなでバカ笑いしている。そこに、いとこの嫁や私の夫が加わり一緒に時間を過ごし笑っている。こんな時間が続けばいいなと思うこの頃……。

今ある才能や楽しい時間は、先祖のみなさんや親のおかげだとみんなで思っている。

それから、私のDNAにかかせない人物である父親……。

今から十数年前……

「息子しゃべったか?」

息子が4歳になった頃、今まで一緒には暮らしたことのない実父からの電話……

「お父さんの子どもはもうしゃべりよるぞ」と続き……

（なんだとぉ？　お父さんの子どもって……）

父親の3度目の結婚相手は軽く私よりも若い女性で、もちろん子どもも小さく……。

それでも、前に会った時に言葉を発することがない孫を心配しての連絡。「お父さんに預けたら、しゃべるようになるわ」と続き……父親は障がいとか自閉症とか、なんだそれ？　といった感じで、その他いろいろなことがすべてフラットな考えの人なんだと感じたことがあった。

結婚前、初めて今の夫を父親に会わせようと難波で待ち合わせた時、遠目にエメラルドグリーンの上下のスーツを着た、坊主頭に近いパンチパーマのような髪型の男性が目に入り、直感で父親だとわかったが特に違和感なし。きっと着なれているのだろう。その出で立ちに、驚きを表情に表さなかった夫もなかなかのものだと思う。いや、世界観が違い過ぎたのか……。その後、結婚式に親戚として来てもらった時には、黒の総ラメのスーツに紫のコートをひるがえし登場。私のカメラマンに徹していたのに、やはり目立っていたのか、式後みんなに「あの人どなた？」と聞かれた。

しかし、若い頃から腕のいい料理人だったらしく料理で賞をいただいたとかで、その時の総理大臣と一緒に写っている写真を見たことがあるが、一緒には住んだことがないので本当のところはよくわからない。でも、一度父が作ってきたおせち料理のお重箱を見たことがあるが、今までに見たこともないような美しい料理だった。総合すると、おそらく奇抜で型破りな性格が邪魔をし、いまいち才能が生かされなかったのだろう。それから、私が子どもの頃は、正月になると京都から父のきょうだいが岸和田まで私を迎えに来てくれ、祖父と祖母のいる父親の実家に連れていってくれた。父は6人きょうだいの4番目で、家に行くと叔父や叔母を含めたくさんの大人や子どもがいて私を迎えてくれた。慣れないところだったが居心地は悪くなかった。でも日頃から生活を共にしていない父親には、どう接すればいいのかわからず、話しかけもできず気を使ったのを覚えている。

その後、父は再婚をくり返し、私とあまり年の変わらない子ども、私の子どもより年下の子どもを含め、私には数人の異母きょうだいがいる。そして、お葬式などで集まった時には、きょうだいたちは私のことを「ねえさん」と呼ぶ。数年前、私の携帯に「おねえちゃん♪」とかわいい声。私の子どもより幼い妹からの電話だった。「お姉ちゃんがいることちゃんと言ってあるから」「ハハハ……」そんな破天荒な父だが私にはよくしてくれた。そして、母親からは父親の愚痴ではなく若い頃の「武勇伝」ばかりを聞かされ、私もその話を聞くのが好きだった。おかげで父親ぎらいにならずに大人になれた。

そして、私と縁のあった小亀家のみなさん。初めて香川県の実家にごあいさつにとお邪魔した時、夫の母に「なんにもないこんな田舎で、びっくりしたでしょう?」と話しかけられたので、「そうですね〜どんどん真っ暗になるのでびっくりしました〜」と答え……私の物怖じしない切り返しに驚いたそうだ。でも、そんな私をみんなで温かく迎え入れてくれた。夫は、私の父親と同じく6人きょうだいの四男で、下には妹と弟がいる。お父さんは広い土地を使ってアスパラを育て毎日出荷に追われている。小亀家はみんな曲がったことを嫌い、一本筋が通っていて、素朴でよく働く人ばかりだ。夫もそうである。お父さんとお母さんは6人もの子どもを立派に育て、今でも子どもや孫のためにおいしい米を作ってくれている。私からみれば親の鏡みたいな人たちだ。そんな小亀家に嫁いで、毎年お正月とお盆には帰省。大好きな兄さんたち夫婦、物静かで優しい妹と弟、素朴な甥、姪たちと会うのが楽しみで、自分にもきょうだいができたような気がしてうれしかった。

　そんな私たち夫婦は、人から「人種が違う」と言われるほど性格が真逆らしい。お互いにないところをカバーし合っているのだ。私のいとこたちは最近でも夫に「ほんまによく結婚を決心してくれたわ。ありがとう」と笑って礼を言う。私には意味がよくわからないが、結婚式の日、いとこたちが誰よりも祝福してくれたことを今でもうれしく思っている。おそらく、適齢期を過ぎてもいつまでもはっぴを着てだんじりを曳いている私を見て、結婚は無理かも……と心配してくれていたのだろう……。

　そんなＤＮＡから生まれてきた娘と息子。娘は高校生になって周りから「頭がいいのはお父さん似？」とよく言われ、間違ってはいないが失礼な話だ。私は学力は伸び悩んでいたかもしれないが、本能で生きていく力なら人より優れている（笑）。そして、そんな私のＤＮＡを受け継いでいそうな息子は、この世でいう「自閉症」という障がいをもち合わせて生まれてきたらしい。これまた斬新奇抜……。

「こぼんちゃん日記」、始まります。

CONTENTS

大北

1
障がいって……

こぼんちゃん誕生

暑い夏の終わり……蟬の鳴く声が日に日に静かになる頃……。

大阪の熱い街「岸和田」の最大のイベントであるだんじり祭りの日が近付き、街全体がざわざわと祭り一色に染まりつつある8月に、こぼんちゃん、この世に誕生！

なんと！　2000年のプレミアムベイビー！

「なんかこの子、こぼんちゃんって感じやなあ。アハハ……」

ふっくらしているとも言えず、赤ちゃんなのに何だかおとぼけで、のほ〜んとした感じの男の子……その生まれたての赤ちゃんを病院で初めて見た母の第一声でした。

「こぼんちゃんって……」

でも名前は「敬介」と命名しました（笑）。

上の子は女の子だったので、わが家では初の男児誕生。姉と違ってミルクもぐんぐん飲むし、とても育てやすく、肌の色はミルク色で、夫と私の剛毛からは想像もつかないような、サラサラヘアの栗毛色（後にすごいことになるが……）、親バカながら（なんてかわいい子を産んでしまったのかしら……）と大満足の日々でした。

そう……言葉を話すようになる年齢までは……。

「わが子は自閉症？」

昼の間、面倒をみてくれていた母が「この子、ほんまに世話ないわ。ずっとテレビ見てるし、話しかけてもこないわ」その頃から気になりだした言語。

娘は、早や2歳の時に近所の人から「この子、日本語ベラベラやなあ」と言われ、逆におもしろいと笑われたくらいだったのに、弟の敬介は私たちに何一つ言葉を発することはありませんでした。

もちろん、「パパ」も、「ママ」も……。

でも、女の子と違って男の子はこんなもんかと思いながら機嫌よく育てていた私たち……。日が経つにつれ、しゃべらないにもほどがある……と思い始めた頃、市の保健センターからの呼び出しあり。検査をしましたが、経過待ちという感じだったので、私も「3歳まで待ちます」と断言。そして、とうとう3歳になり、それでも変わらずパパもママもマンマも言わず、それどころか人と目も合わさない状態で、親子の会話なんて程遠く、後ろから何度名前を呼んでも振り返りもせず、母である私を探すこともありませんでした。おまけに超多動で外に行ってもスタスタとどこまでも歩いていくので、後ろを隠れながらついて行ったことが何度もあります。きっと、母親がいないことに気がついて探すはず……（私の……ママの存在に気づいて〜！　と心で叫びながら）。それでも、やはり一度も振り返ることはなく、どこまでも気の向くままに歩き続けるわが子でした。

「じへいしょうってなんや？」

わが家に遊びに来る友達に「この子、それにしてもよう動くなあ……」と感心され、その時も（男の子はこんなもんか…きっと私に似て元気なんやわ）と思っていました。しかし、言語や動作など気にならないわけはありませんでした。それでも至って健康だし、なんやろ……？　と心にモヤっとするものは常にあり……。

ある年のだんじり祭りの日に、大阪市内から来た叔父の友人が敬介の様子を見て「この子、自閉症と違うか？」

（じ・へ・い・しょ・うってなんや？）

自閉症……この時、詳しくはわからなかったけど、なぜかそのフレーズが頭の中でパソコンの

Ｅｎｔｅｒキーをポン！　と押した感じで、モヤっとしていたのがなんとなく一部スキっとしたのを覚えています。

それから「自閉症」という単語をインターネットや本で調べ倒し、『自閉症診断チェック』なるものを何度も試し、間違いないと思って落ち込んだり、いやそうではないと思い返したり……。

でも、やはり心の中ではＥｎｔｅｒキーを押していたんだと思います。これから一生涯つきあっていかないといけない「障がい」というものなんだってこと。3歳を過ぎた頃、動物の名前や、限られた単語は少し言えるようになってきました。しかし、パパ、ママや、家族のことを呼ぶなんてことは全くできませんでした。

そして、とうとうつみきを積んだり、絵を見て問いかけに答えたりというような本格的な検査が始まり、敬介は部屋に入ると緊張している様子もなく、自分の興味のあるものに突進し、検査員の持っているかばんの中身を手当たり次第に引っ張り出したりして、話など何一つ聞けず、ひたすら自分のしたいことだけに集中していました。まるで一人で部屋にいるように……。

その後も何度か検査をくり返しましたが、まともにできるのはパズルだけでした。

その結果、先生が紙に「じへいしょう?」と書きました。そして「お母さん、敬介君は耳の聞こえない子と同じだと思ってください。敬介君が大人になった時に自立できるかどうかです」とおっしゃいました。その時、私は（自立って……普通に大人になって自立するやろ……）と思い、わが子が自立できないかもしれないなんてことは想像もつかず、聞き流していたように思います。そして、市民病院への紹介状を書いていただき、脳波を取ったり染色体の検査をしましたが、「脳は見本にしたいくらいきれいです。染色体異常もありません」と言われ、それでも「療育手帳は必ず取れますので、申請に行ってください」と太鼓判を押されたのを覚えています。

この時が最初の告知なのでしょう。後でその告知の瞬間の思いを同じ障がい児をもつお母さん方に聞いてみると「ショックで帰り道はどうやって帰ったかを覚えていない」とか、「涙が出て止まらなかった」と話してくれました。私の場合は、次なるステップへ背中を押されたような気もしましたが、泣きたい気持ちがないわけではありませんでした。

そして、敬介にも大阪府の公印が押された「療育手帳」が交付されました。

この時、改めて障がい児なんだと、もう一度大きな太鼓判を押された気持ちになり、手帳に貼られた敬介の笑っている写真を見て切ないやら悲しいやら……。

それでも、もしかしたら何かの間違いかも……という淡い期待をよそに本に書いてある自閉症の症状を次々とかもし出すわが子。

目を離すと滑り台など、す～っと一番前に……周りの親の冷たい視線。「すいません……」。お弁当なども食べ終わると言葉なく、すばやく行動に移すため私はいつもシートなどには座らず、食後のコーヒーやおしゃべりなんてとっくにあきらめ、すぐに後を追えるようにひざをついて食事を取りました。遊具のお山の上で私の言うことなど聞けず、どんどん行ってしまうわが子。周りの冷たい視線に情けなくなり、「もういやや～」と半泣きになり、家にいる夫に電話をしたこともありました。

店を探し、帰りのバスが遅れるというハプニングも…。

『人並み外れた記憶力』
数字や文字などを写真のごとく、記憶するようで一目見て覚えていることが多く、ひらがな、アルファベット、九九なども就学前にすべて暗記していました。困ることは、家族の携帯電話の暗証番号を横目で盗み見し、記憶してすぐに携帯を勝手に開くこと…

幼少期から、機械の操作も教えていないのにすぐに覚えるため、してもらっては困ることは見ていないスキにしなければなりませんでした。

『同じことをくり返す』
DVDなどは数秒の映像を永遠にくり返して見ます。一緒に見ているとこちらの神経がおかしくなりそうになります。遊びに関しても同じく、何時間でも川に石を投げたりします。変化が苦手なため、くり返すことや同じものが落ち着くようです。

『並べる天才』
本、ペン、何でもズラズラと並べて遊びます。そのため、色やシリーズなどの種類のある物を集めることが好きなようです。

『競争心がない』
おそらく競争という意味がわからない。

『空中文字』
自分の世界に入り、いつとなく人差し指を立て、空中で文字を書いている。自閉症のことを伝えるために本を書いている東田直樹さんによると、覚えたいことを確認するためだそうです。

『社会性に乏しい』
幼児期、公園などではお友達と共有して遊ぶことはなく、たまに遊具へ行くと順番が守れません。人との距離がわからず人ごみを歩くと人とぶつかります。周りに人が誰もいないかのように行動する。療育や経験などにより改善される場合もあります。

『マイナスイオンを放つ』
人との煩わしい関係など一切なく、見るテレビは「おかあさんといっしょ」などの幼児番組ばかりで、頭の中がメルヘンなせいと、みんなからの愛情を受け心が澄んでいるのか、そのあふれる笑顔に周りにいる人は癒されます。

自閉症の特質（敬介の場合）

『クレーン現象』

言葉で伝えず、他の人の手を使って、自分がしたいことを代わりにしてもらおうとする行動のこと。

『超多動』

一瞬でワープします。その速さは走るのが速いとかいう問題ではなく、秒で姿をくらます「技」と言っても過言ではありません。

そのため、目も手も離せません。

その先の心配は、迷子になっても親を探すことも泣くこともなく、永遠と遠くへ行ってしまい誰かに声をかけられても自分の名前すら言えないこと。

スーパーで子どもの手を脇に挟みながらレジで財布を出し、代金を払っているお母さんを見つけると、自閉症のお子さんかもと思ってしまいます。

『自他の区別がつかない』

幼い頃から隣にいる全く知らない人の飲み物などをスッと取って飲んでみたり、公園で目を話したスキに、よそのグループに入って何かを食べていたりと、他との区別がつかないため親のしつけが問われます。もちろん笑って許してくれる人ばかりではありません。

『常に標準語で話す』

気にしなければ特には困りません。しかし、自閉症の人と話す時は周りの人もみんな標準語になっている（笑）。たまに話す大阪弁は、大阪で育ったとは思えないほどなまりのあるイントネーション。周りの自閉系のお友達も同じトーンで話す傾向があります。

『オウム返し』

話しかけられても理解できないと、相手の言った言葉をくり返す。私たちが外国人に話しかけられるのと同じ状態。

『落ちたものをすばやく拾って口に入れる』

こだわりの一つ。落下物を彼よりも早く見つけ、足で踏んで隠す技が必要。でも必死で足を退けようとします。

『水が好き』

水ものが好きなので、いつでもどこでも、触りたがるし、大きな水ものは浸かりたがります。好きなものはしょうがない…タオルと着替えは常に持参です。小学校の遠足で、噴水のようなところに入水。先生が、着替えを買いに順番が守れない、自他の区別がつかないなどの理由で、公園などの人の多い公共の場へ行くと、他の大人からは超しつけの悪い子、空気の読めない子などと思われ、親の顔が見たいわ！　という思いなのか、睨まれたり、文句を言われることが毎度ありました。だから、公園で子どもを遊ばせておいて、お母さんたちと楽しくおしゃべりなんてできるはずもなく、超多動なわが子の後ろをずっとついて回り、腕をつかみ「順番です」と何十回と教え、必要ならば説明して頭を下げて謝る……というのが常で、外へ連れていくと精神的にクタクタになる日々……。

そして、ある時も一瞬のうちにいなくなり、見つけた時には見知らぬお母さんに「あんた、この子より大きいお兄ちゃんやろ！　なんで順番抜かすねん！」とカナ切り声で怒られていました。しかし、言葉や人の表情がわからない敬介には全く理解ができないし、怒られていることもわからない状態なので、相手にすればまるで無視状態……さらに相手をイラつかせる……といった状態で、その頃の私は「すいません。この子は自閉症という障がいで……」というくだりの説明にも疲れていて、すばやく木の陰に隠れ大人たちが立ち去るのをじっと待ったこともあり、社会性を身につけるということが一番難しい課題だということを思い知らされました。そして、私たちが傷つく理由のほとんどが、周りの人の冷たいまなざしや対応でした。

見た目にはわかりにくい障がいのあるわが子……。

超ポジティブだと人から言われるこの私でさえ、誰もいない公園が大好きでした。

「今だ！　思う存分遊ぶんだ！」

『自閉症のお子さんに、「誰？」などと聞かない方がよい。』と本には書いてあります。でも自分の鼻に人差し指を押し当てて「これだあれ？」と毎日何度も試してみる……そんな日が続きました。ある日は「キリン……」（聞かなきゃよかった。私はキリンか！）。ある日は「ねこ」（あら、そんなにかわいい？）。でもちょっとおかしかったし、かわいかった。

『自閉症の子どもは、親や家族を認識しません。』とも書いてありました。（この子は、私のことが母親だとわかる日がくるのだろうか……）そう思うと、とてつもなく重い波が押し寄せてきて、先の見えないトンネルに入っていくような息の詰まる思いでした。

母日記

HAHA's Diary

大雨のち時々晴れ「冷蔵庫前の決意!?」　涙ながれて意志かたまった？

敬介2歳のとある日、いつものように私の手を取り冷蔵庫前に連れて行くわが子。

そして、冷蔵庫の前で私の手を放り投げる。

「何、敬ちゃん？」

「…」何度も私の手を放り投げる。

「ジュース?」「……」

「ジュースほしいの?」「……」私は敬介の口を人差し指で押さえ「ジュウース!」「言って!」「ジュース!」「……」

何度も何度もくり返し言った。というより叫んでいた。くり返しているうちに泣けてきた。

それまで何の診断もなく、でも親の目から見て少しずつ他の子どもと違う敬介。インターネットで、「自閉症」の文字を検索しまくり「診断チェック」なるものの大体が◯なのに、あてはまらない項目を探し続け…障がい＝一生治らない?

「もうこの子は一生、友達と一緒に遊ぶことはないんやろか。共感しあったり、おしゃべりすることもなく、ずっと孤独のまま…?　なんで?　こんなにかわいいのに…」

なすすべもなく、不安、あせり、絶望感、否定…と暗い穴の奥へとどんどん入っていくような…そしてこの日、冷蔵庫前にて今まで山と積んできた私の中のいくつもの負の感情のブロックが弾けとぶように一挙に涙となってあふれ出た。どんどん、どんどん流れて止まらなかった。冷蔵庫の前で泣き崩れている私を見つけた母も、私がかわいそうだと言って泣いていた。そして表情も変えず、きょとんとしている罪のないわが子を見て、余計に泣けてきた。

泣くだけ泣いたら頭の中がスッとして、湿った雲がようやく去り、穴の中から這い上がれた気がした。そしてこの時、強い意志が生まれた。

メソメソと泣いている暇も、穴に入って自分を慰めている暇もない。もうインターネットは見ない。絶対にあきらめない！　この障がいとやらにずっとつきあってやる!!　この子のために何をしたらいいのか考えよう！

敬ちゃんは敬ちゃんらしく！

果てのない大空にポンと放り出されたような感じもしたけど、暗い穴の中より数千倍すがすがしかった。


……そう決めたというか、障がいということを受け入れ、添っていかなければと決意した瞬間だったのかもしれません。

障がいのあるお子さんをおもちの大抵の方がそうだと思います。わかっているんです。一生、それに縛られて、つきあっていかなければならないことを……わかっているからこそ認めたくない……そういう時期もありますし、私の場合はこの時期多分、わが子、自分、家族、それぞれのこれからが不憫で、かわいそうで、不安でならなかったのだと思います。そして、ここからが始まりなんですよね。

どんなことが待ち受けているのか想像もつきませんでしたが、もう迷いはありませんでした。この子のために何をすればいいんだろう？　と常々考えました。

それからすぐに購入したのが、『自閉症を克服する』（リン・カーン・ケーゲル／クレア・ラゼブニック、ＮＨＫ出版、２００５）という1冊の本。自分の決意、そのまんまの題名……。

「自閉症を克服する？」

この時期、本に書いてあるできそうなことはやってみました。

●人と目を合わさない…毎日10秒間、目を合わせる練習や、家族が学校や仕事に出かける時には必ず、敬介の顔の前に行き「行ってきます」と言うようにしました。目を合わせる練習というより、まずは家族のことを認識させるためかな。

●自他の区別…コップや食器はすべてきょうだいで区別をつけ「敬介の」「おねえちゃんの」と何度も教えました。

●自分が小亀敬介だということを認識させる…「こがめけいすけくん」と呼び、私が「はい」と言って手を上げマネをさせ、できたら家族で手をたたきほめちぎる。

●順番交替…順番を待つゲームなどをする。みんなで共有して遊ぶということで、人を意識し一人遊び防止にもなります。

●言葉…「耳の聞こえない子と同じ……」「視覚からの情報の方が入りやすい」などから、幸いに敬介は文字が読めたので「おふろにはいる」「おきがえをする」「すわってたべる」「どうしたの？」など生活の中でよく使う言葉を書いて、パウチしカードを作りました。

言葉に関しては、今まで話しかけてもこちらの言うことをくり返すというオウム返しだったのに、カードを見せるとスッと行動に移せました。

　そして、簡単な二語文「でんきをけす」「はをみがく」などは、言いながらジェスチャーをして教えました。ある日……敬介の姉をすごい勢いで叱っていると、それをじっと見ていたのか「こわいよ……」。今、何て言った？　やはり、経験、体験でも言葉につながるようです（笑）。

　障がいがあるから仕方がない、言っても理解できないからとあきらめず、注意すべきことは容赦なく何度も言って聞かせました。何かできた時には、よろこびが込み上げ、自然とほめることができました。そして、社会性を身につけさせるため、自分たちがつらい思いをしても外へ連れ出しました。それは敬介が大人になって私たち親がいなくなった時、できるだけ生きやすく、過ごしやすくしてほしいからです。

　結果……今では外出大好きっ子に……。

　そして、母の努力、悩みを知ってか知らずが、敬介は自閉症街道まっしぐら！

こぼんちゃん日記

KOBONCHAN's Diary

ゴールデンウィーク、例年のごとく、実家の香川県へ…

お正月に帰省して以来「5月！　田舎でバーベキュー!!」と連呼し、カレンダーにも書き込むこぼんちゃん…。

行きの車の中でも、「バーベキューー！　野菜を収穫します♪」とルンルン！「野菜はじいちゃんに言ってね」と言うと、さっそくでかい声で「じいちゃ～～ん‼　やさいしゅうかくされた～い‼」とこぼんちゃん。でもね…じいちゃんに会って言わなきゃ…車の中で叫んでも…しかも…「されたい」ではなくて「したい」です…。

近頃思うこと…「自閉症の人って…障がいという枠をはずせば…究極のＫＹ⁇」

Ｋ（空気を）Ｙ（よまない。正確にはよめない…）ことを極めている人⁇

（そうじゃない方、ごめんなさい…）

例えば…（こぼん編ですが）想像してみてください。

車内で運転している人の後ろに座り、両足を座席シートの肩辺りにわざわざ乗せる。前から見れば、古いところで「ひょうきん族」のさんまさんが演じていたブラックデビルのよう…「ウィ～‼」

それから…どしゃ降りの雨が降っていて2人いて、傘が一つしかないのに全く気にせず一人で傘をさし、スタスタと歩く…

公園でボールが転がってきてうまくキャッチ‼　えらいね～拾ってあげるんやぁ～と思った瞬間、くるっと反対を向いて、誰もいないところにボールを投げる…

はなくそは食べなきゃ気がすまない…（あっ、これは別の問題か…）

興味のあるものにはすべてタッチ！　たとえそれが、全く知らない人のつるつるぼうずな頭でも…

何度言って聞かせてもやまず、次から次へとバリエーションを変え、やらかすあれこれ。

一緒にいると周りに謝ることが多く気分はブルー…神経がボロボロになるワタクシたち家族。かつては人を避け、だれもいない公園が好きだったワタクシ…

(よし！　無人くんだ！　思いっきり自由にすきなことして遊ぶんだ！　こぼんちゃん！)

でも…あの日から、そう、あの瞬間から…「この子と一緒に、楽しんで生きていこう！」と思いました。

「あの日…」あれは、こぼんちゃんがピカピカの1年生の頃…

毎朝、支援学級の先生がお迎えに来てくださってワタクシも一緒に登校。毎日通る通学路の地面が陥没していてそこにできている水たまりが大好きで、必ずわざわざそこへ入って足でジャブジャブするこぼんちゃん。

「もう！　靴がぬれるよ」と言いながらも（ま、いいか）といいかげんなワタクシ…

ある日、いつものようにす〜っと水たまりに寄っていき、立ち止まったこぼんちゃん。(おっ、今日は水たまりに入らずじっとながめているぞ…かしこい、かしこい）と思った瞬間!!

なんとぉ!!　さっとしゃがみこみ、その水たまりの水を手ですくいジャブジャブと顔を洗いました!!

「アハハハ…」腹の底から笑いが込み上げ、先生とその場で涙を流し、笑いました。(ある日の出来事でした)

(陥没した道路でも、子どもたちにとっては日々のいい遊び場なのかも…)

5月、田舎の道は、麦の穂が一面にあって、とてもすがすがしかったです。

でもその麦の穂は、ワタクシが刈ったこぼんちゃんの頭髪のよう…

人生いろいろ…子どももいろいろ…　こぼんちゃんは今日も自然とコラボ!!

もしかしたら自閉症ではないかもしれない……という思い……私の甘え、願望……敬介の寝顔を見ていると、この子はもう友達と共感して笑って遊ぶことはないのだろうか……一生、孤独のまま？　そして姉もまた弟のことを気にかけながら、普通の姉弟のようにできないなんて……と思うと涙が出ました。

何度も訪れる私の落ち込み……しかし、そんな後には必ず強い意志がうまれました。

そう！　次の敬介の進路までに障がいのこと、敬介のことをもっとよく知って、将来を見すえていこう！

この時期、社会に馴染みにくいわが子と私たち家族が、この先どのようにすればこの世の中で生きていきやすくなるかを考えました。わが子ばかりをかばい、守ってばかりではダメだ。周りにいる子どもたちみんな、同じように愛していこう、と思った時期でした。まずは地域の人たちの理解が必要だと思い、息子が通う園のみなさんに手紙を書きました。

2 地域の園へ！

「小羊園入園」

保健センターでの検査を経て、知的に障がいのある子どもたちの早期療育の場である岸和田市立パピースクールに入園することになりました。岸和田市でパピースクールに入園できるということは多数の検査を突破して、おそらく市内でも抜擢された選ばれし「障がいのある子ども」だったと思います。そして私たちも選ばれしその家族……。

パピースクールでは、これから障がい児を育てていくための学習をしたり、その子に合った療育をしてくれ、先生方も知識豊富で熱心に子どもたち、親のことを考え指導してくれました。しかしこの時、障がいのあるわが子を地域に出すことで健常児から受ける影響に可能性を求め、地域の人に慣れ親しんでほしいという思いをもっていた親が多く、一緒にパピースクールに入園したお友達の何人もが1年で退園することになり、それぞれが地域の幼稚園などの受け入れ先を自ら苦労して探し、新しい園に行くことになりました。

パピースクールにいれば早期療育もでき、同じようなお友達もいて安心できたものをわざわざ退園させ健常児と混ざり、違いや遅れを目の当たりにするわけです。みんなそれぞれに苦労し、つらい思いをしたと思います。敬介もパピースクールを退園し、姉も通っていた家から3軒隣の教会である「小羊園」で受け入れてもらうことになりました。

そして私たち家族も、小羊園ではことあるたびに敬介と他の園児との違いを認めざるをえませんでした。でも小羊園の先生方はとても寛大に懸命に敬介を育ててくださり、1年がたち、保護者の方の理解が必要だと思い、みなさんに初めて手紙を書きました。

「小羊園に通う園児のお父さん、お母さんへ」

こんにちは! 小亀敬介の母です。仕事のためお迎えもあまり行けず、なかなか保護者のみなさんとはお会いすることができないのですが、わが家の敬介のことで聞いてほしいことがあり突然のお手紙で失礼します。

敬介は一見、他の子どもたちと変わりませんが3歳の時に「自閉症」と診断され、年少の時は、自閉症児や知的に遅れのある子どもたちが通う市の施設であるパピースクールに通っていました。しかし、去年の4月から小羊園でお世話になり、今年は年長児さんとして2度目の運動会となりました。

「自閉症」について説明させていただくと…

ひきこもりや自ら心を閉ざしているから「自閉症」ではなく「情報の理解の障がい」、生まれつきの脳障がい、または感覚障がいなどで症状も様々です。典型的なのは言葉が遅く人と目を合わさない、会話が困難、順番が待てない、自他の区別がつかない…などです。しかし決して人ぎらいではなく、逆に人なつこい人が多いようです。

敬介も4歳くらいまでパパやママと言って話しかけてくることもなく、多動で動き回るためどこに行っても目と手が離せない状態でした。

最初は小羊園のみんなに迷惑がかかるのではないかと心配でしたが、愛情いっぱいに接してくれる先生たち、敬介に関わってくれる子どもたちのおかげで、日々何とかみんなと一緒に過ごすことができ、最近はしっかりと人の目を見てあいさつやお返事、自己表現も少しずつできるようになり、単語や二語文（「ゴハン、タベル」「ダンジリ、カケル」など）も少しずつ言えるようになりました。

敬介にとって、キレイとかオモシロイなどの抽象的な形に表せない言葉を理解するのが難しく、そのかわり目で見て覚えるのは得意なようなので、だんじりの本を見て町名をすぐに言えたり、機械の操作が簡単にできたりと記憶力はいいみたいです。耳から聞いて理解することが困難なので、普通のお子さんが日常生活で自然と覚えるような言葉や文は何度もくり返し、手振りや身振りで教えています。それでも、言葉とそのものが一致しないとなかなか理解できないようで、発達相談の先生からも、「耳が聞こえないのと同じだと思ってください」と言われたことがあります。

園のみんなと同じことは何とかやっているようですが、お友達から話しかけられても敬介にとってはちんぷんかんぷんなことが多いため、お返事できないことが多いかと思います。

敬介のマイブームは今「だんじり」です。字は書けたり読めたりしますし、園のお友達の全員の名前も覚えて家で言ったりもします。去年は「これ誰？」と聞いても答えなかったのですが、今年は言えるようになりました。今まで言えなかった「パパ」「ママ」という呼びかけもできるようになり、敬介にとっては随分な成長ぶりで先生や園の子どもたちにも感謝の気持ちでいっぱいです。

私も敬介がパピースクールへ通うようになって、様々なハンディのある子どもがたくさんいることを知りました。

装具をつけないと歩けない子、全く話せない子、ダウン症の子……

そんな子どもたちやわが子を見ていて、走り回って遊びたいだろうな…お友達とお話しできればいいのにな…という思いでいっぱいでした。

でも今は敬介がなにかできたことの一つひとつが百倍うれしく感じ、障がい児の子育てもほんの少しは楽しめるようになってきました。

小羊園の先生は「神様は、この世に必要のない人間は生み出さない」とおっしゃい、「敬介くんがいることで、他の子も人に対して優しくなれています」と言ってくれました。敬介もいつかは誰かの役に立てるのだろうか…そうなればいいなと思い、私自身も救われた気がしました。

母の願いは「みんなといっしょに」です。

今は一言でも小羊園のお友達とお話しすることができればこれほどうれしいことはないだろうなと思う今日この頃です。

長々と読んでくださり、ありがとうございました。

このお手紙をお配りした後、続々と私の携帯に励ましのメールが届きました。

小羊園に入園してから卒園までの敬介の成長の様子を日記に書きとめていたものがあります。

母日記

HAHA's Diary

2005・8・1　二語文

やっと出てきた二語文は「だんじり、かけるの。」と「アイス、たべる。」

だんじりのビデオをかけては、自閉独特の横目で見てる。

夜、私に向かって「アリガトウゴザイマシタ」と言うので「なにが?」と聞くと「ジュ～ス」と答えました。わかってるのかなあ??

2005・8・27 お誕生日

27日は敬介5歳のお誕生日。「お誕生日、おめでとう」と言うと「おめでとう」とオウム返し。「敬ちゃん、いくつ?」と聞くと「いくつ?」「敬ちゃん、いくつって聞かれたら5歳って言わな」「…5さい」ただいま、おうむ返し真っ最中の5歳児さん。

姉のなっちゃんとしりとりをしてわざと「えんぴつ!」と間違えてみんなの顔を見て笑う敬介。なのに、夜は珍しく泣いてなかなか寝なかったね。やっぱり敬介も成長の過程でいろいろと思いがあるのかなあ。こういう時はほんとに話せたらいいのに……と思ってしまう。何で泣いてたんやろう…何が言いたかったのかなあ…

2005・9・17 ひらがな制覇!

敬介が以前から興味のあったひらがな…

とうとう、画用紙一面にあ行から順にぜ~んぶ書いちゃった!

これはすごい! とばぁばもびっくり! しかし画用紙がいくらあっても足りない……

2006・2・28 おねえちゃんがだいすき

最近、姉のなっちゃんとよく遊ぶようになりました。この前は寝る前に本を読んでもらい、ベッドで二人で跳びはねて、なっちゃんがふとんに隠れるとすぐに探し当てて、「おねえちゃん、うたって！」と手をひっぱっていました。なっちゃんもうれしそうに何度もつきあってくれてました。

そして次の日はおにごっこ。見ているとどっちが追いかけているのか追いかけられているのか。なっちゃんが「あつい！」と言って上着を脱ぐと、敬介もすぐにまねて服を脱いでました。「おねえちゃん、まて〜」やっぱり、敬介が追いかけていたのか…？　人とは関わらなかった敬介が、人を意識して追いかけるなんて…すごい！　園でも「こそばしごっこ？」をしているらしいです。

2006・8・14 「行ってきましたぁ！〜白浜の花火の旅〜」

毎年、夏に出かける白浜の海。

それから、今回の旅行の目玉である花火。

あんな感動的な花火を見るのは初めてかなあ…すごかったあ〜！　アナウンスの女性が「次は…の宝石箱です」なんてテーマをアナウンスしていて、でもほんとに宝石箱のように夜空に輝き、真下の海に降り注いでくる勢いで子どもたちもポカ〜ンと口を開けて見ていたり、敬介は「すご〜い」と言って手

青い海、白い砂浜、そして動物園。

毎年夏休みには白浜へ

海水浴に出かけます。

も叩いてました。

花火を見ているうちにふと思ったことは、花火を作るのにいろいろな仕掛けを筒につめる。これって子育てに似てるなあ。いろいろなことをつめ込む。つめ込みすぎると壊れちゃうだろうし…

でも空に打ち上げる時はいろいろな形になる。大きなのもあるし、地味だけどキラキラと人の心を和ますものもある。ちょっと違った感じで見ている人を不思議がらせたり、玉に仕掛けを10個つめるうちの一つや二つ失敗したって、上がってしまえばキレイに輝くんじゃないかな。敬介はきっと…ちょっと不思議がられるけど心癒される優しい花火かなあ？　どんな子も上がる前に湿気ることなく、いろいろな形で空に大きく打ち上げてやりたいね。

帰りの車…なっちゃんは車が動くのと同時くらいに爆睡。敬介はなかなか寝ずだったけど、だいぶしてから「おやすみ。ふとん」と言って、私がタオルを渡してやるとなっちゃんの隣に寝転び、タオルをなっちゃんにもかけていたのがなんとも微笑ましく、敬介にもこういう感情もあるのかなと心が癒されうれしくなりました。今年の夏も満喫できました。

2006・10　運動会

驚きの運動会でした。去年と明らかに違っていた敬介。

なんと！　はみ出ることなくみんなと同じことをしているではありませんか！

しかし、一つだけみんなと違うことを…

綱引きなのに綱を押していた…でもみんなと抱き合ったり…（みんなが勝手に抱きついていたんだと思うけど）母としては普通すぎてつまらない…いやいや、成長に驚きの一日でした。

2007・3・19 涙の卒園式

昨日は記念すべき「卒園式」でした。

前の日になっちゃんと敬介で、敬介が描いた園児みんなの似顔絵と一緒に渡すクッキーを焼きました（慣れないことをしたため、母は次の日肩が上がらなくなりましたが…）。家族みんなで「似顔絵とクッキー」「保護者のみなさんへの手紙」をセットにして、袋詰めをしました。ところが一人だけ似顔絵がない！　パパと騒いでいると、敬ちゃんはササとイスから降りてスケッチブックに向かいました。似顔絵と名前をかいて持ってきてくれ、園児全員の分がそろい…ん？　敬介何してるの？

なんと、自分の分も作っていました。そうね。みんなと一緒やもんね。

さてさて、今まで数々の武勇伝があるので前の日から「敬ちゃん、これ着るんやで。かっこいいから。明日はそ・つ・え・ん・し・き！　いつものように『はあい！』と言って手をあげる。わかった？」「はあい！」（ほんまにわかってるんかいな……？）

少々心配だったけど、お昼から意気揚々とスーツを着てニコニコ顔。今までにしなかった場所取りをして一番前に。まずは式が始まり…

「卒園証書授与」

「こがめけいすけくん」という先生の言葉に「はあい！」（返事はできた）

自分の名前が「こがめけいすけ」だということがわかるまでどんなに時間がかかったことか。健常児にはないこと。

そして、立ち上がり先生の前で深々と頭を下げ台に上る。

こんなことができている…一人でしっかりと立ち上がり、誰とも手をつながずに証書を受け取った敬介。みんなで涙…

小羊園での最後の手紙……

「小羊園の保護者の皆様へ」

こんにちは！　みなさんに敬介についてのお手紙を配らせていただいてから早いもので、とうとう卒園式となってしまいました。

私にとって、きっと敬介にとっても小羊園の卒園はとてもさみしい思いですが、ずっとここにいるわけにもいかず…

おかげさまで、4月からは浜小学校の1年生として通学できるようになりました。

はじめて配らせてもらった手紙には「卒園までに一言でもお友達とお話ができれば…」みたいなことを書いたような気がします。このときには夢のような望みでしたが、今では少しずつですがお話もできるようになりました。これも先生方をはじめ子どもたち、理解して温かく見守ってくれた保護者のみなさんのおかげだと感謝しています。

それと、今回おたよりさせていただいたのは理由がもうひとつありまして…

卒園前に敬介がスケッチブックに向かい何をしているのかと思えば、黙々とお友達の似顔絵を描いていました。敬介もみんなに「ありがとう」を言いたかったのかなあ…

見ると下に名前も書き、一人ひとり顔も違っていたので押し付けがましくも、みんなにもらっていただこうかと思いまして…

大きくなって、子どもたちは敬介のことを覚えていないかもしれませんが、どうか保護者のみなさん、敬介のような子どもたちがいることを忘れずにいてください。

いつも勝手なお願いばかりですいません…そしていろいろとありがとうございました。またいつでもわが家に遊びに来てくださいね。

敬介は2年間お世話になった小羊園を卒園しました。

小羊園の先生は敬介がきらいだった牛乳をスプーンひとさじずつ飲ませてくれ、遅れの目立つ敬介のことを、この先よき人に巡り合い、愛されるよう祈っていただいたことを心より感謝します。

3 パパの涙……？

母日記

HAHA's Diary

2005・12・18

小羊園クリスマス会の日。園では最大のイベント。

敬介は大役の「いとたかきところには……」の言葉を言う日。

私はママ聖歌隊で「天使にラブソングを…」のウーピー・ゴールドバーグばりの指揮を務める日。

なっちゃんは、演奏と劇。

家族にとって、重要な一日。

午後12時45分、教会へ集合。

敬介は白い服を着るのをいやがり泣きまくり、車に乗せて気分転換してもダメ！　泣きじゃくっているところ、無理矢理衣装を着せて園に入れたけど、会が始まろうとしても「おうちへかえる！」と、こんな時だけはっきりとしゃべる。

（もう今日は敬ちゃん、無理かも……家族も先生もすごく楽しみにしてるのに……）

私たち家族に成長を見せようとしてくれている先生の努力は水の泡？　やっぱり私たちは、普通の子どものように楽しみを心待ちにしてはいけなかった……そうだった……じわじわと、いやひしひしとそう感じて、心がブルーを通り越して白黒になった気分……

その後、先生がいつまでも泣いている敬介を舞台袖へ連れていった。

姿は見えないけど、「おうちへかえるぅ〜。エ〜ン、エ〜ン」と大きな泣く声がいつまでも聞こえていた……そして、劇が始まり敬介はもちろん出てこない。心の中は白黒のまま「シ〜ン」と音が鳴っていた。

その次の瞬間、敬介が舞台袖から何事もなかったように衣装もつけずひょこひょこと出て来た。出たぁ〜！　先生が敬介の前にマイクを向けると「いとたかきところには…」としゃべりだした。少しはずかしそうに最後まできちんと。

今までの緊張が途切れ涙が止まらなかった。視界には、隣にいたパパのズボンにポトポトと水滴が落ちては吸い込み……をくり返していた。ばぁばも涙がポロポロと落ちていて、それを見て私も涙が出て止まらなかった。心の中がジェットコースターにでも乗っているような感じだった。

降りたり、上がったり……最後に鼻水と涙が出るところも……

家族はきっとみんな同じ気持ちだったのかも……

敬介がセリフを言ってよろこんでみんなで笑っている私の中の絵のパズル……どんどん剥がれ落ちていくような……そんな感じだったけれども、一瞬にしてみんなのうれし泣きの絵のパズルにできあがった。

神様からのサイコーのクリスマスプレゼント！　ありがとう……

パパにインタビュー

①息子が「自閉症」だとわかった時どんな気持ちだった？

「最初は、自閉症がどういうことか理解できなかった。夫婦で話をしていくうちに、何とかしなくてはと思った」

②もし、敬介に障がいがなかったら……と考える？

「考えません」

③敬介が健常児だったら、一緒にしたかったことはある？

「野球」

④今までに一番つらかったことは？

「してはいけないことを教える時に理解できず、くり返し教えているうちに敬介が泣いてきたこと」

⑤今までで一番うれしかったことは？
「小さい時に『パパ』『ママ』と言葉が出た時。その頃は、家族ともお話ができないと思っていたから」
⑥敬介への思いは？
「ゆっくり成長し、将来会話ができて自立できればと思う」
⑦敬介にしてあげたいことは？
「できるだけ家族で一緒に遊びに行きたい」

やはり、インタビューの答えもシンプルでした。いつも自分の気持ちを表に出さない無口な夫ですが、この時期、私と同じ、いや、私以上に不安で苦しかったのだと思いました。私はいろいろな仲間と昼夜問わずしょっちゅう出かけ、話を聞いてもらい泣いたり笑ったりして発散できていましたが、夫は外には出かけてもなかなかそうはいかなかったと思いますし、息子が大きくなったら……と思いを巡らせたり、父親として母親の私とはまた違った感情や思いがあったかと思います。

それから……私より泣き虫なパパですが（笑）、今までずっと奇想天外なことばかり思いつき、自由に好きなことをして、家を空けることが多い私を文句も言わずに見守り応援してくれてありがとう。

御祭礼
堺町若頭

4
ばぁばの活躍

「ごぼんちゃん」の名付け親でもあるごぼんちゃんの祖母（通称：ばぁば）。

敬介が4歳になる年にパピースクールに入園したものの、送迎、園の毎日の行事などは当然ながら親の役目でしたが、共働きをしなければいけなかったわが家では、ほとんどを祖母であるばぁばにお願いするしかありませんでした。しかし、その頃のばぁばは足腰が弱く、少し距離のある園までの送迎は少々無理があり……それでも、敬介のために頑張ると言ってくれました。

そして、ばぁばと敬介の園通いが始まりました。

もちろん、子どもと一緒に園に通う保護者は、ばぁばからみれば娘と同じ、もしくはもっと若い年のお母さんばかり……母子保育や学習会、毎日のお茶会など、私が参加できない時は、ばぁばがすべて参加してくれました。春、夏、秋、冬と季節がめぐる中、雨の降る日も吹き飛ばされそうな風の日も、孫の敬介を自転車の後ろに乗せ、園へ通ってくれました。

ヘタクソな歌を聞かせながら（笑）。

しかし！　それだけでは済ませてはいなかったばぁば……

若いお母さん方と混ざってランチへ出かけたり、みんなを家に呼びカレーパーティーを催したり……若返りイキイキと楽しんでいるようにさえ見えました。

そして、何より……足腰が痛くて、一人で自転車に乗るのがやっとだったのに、1年間の敬介の送迎のおかげで足腰の具合がよくなり、若いお母さん方との楽しい集いのおかげで大変充実した1年になったようです。ばぁばにとっていい日ばかりではなかったと思いますが、それでも敬介が少しでもよくなると信じて、休まず自転車を走らせてくれたのでしょう。多大なご活躍ありがとう。そして、年老いた？ばぁばを、常に仲間に入れてくれて今でも「ばぁば、元気？」と聞いてくれる、園で一緒だった寛大なるお母様方にも感謝します。

それから、ばぁばが孫の障がいについてどう感じているかというと……私が、自閉症について説明すると、納得がいったようで理解も受け入れも早く、私たちと同じように、何とかしなければと思ってくれていたと思います。それでも、最初は大きくなるにつれ、治るのではないかと思っていたようで、徐々にそうではないことがわかってきた頃には「敬介自身は、何もわからないやろうから幸せかもしれへんけど、これから一生背負っていかんとあかんあんたらがかわいそうで……」とよく言っていました。それで、少しでも自分も役に立ちたいと日々、敬介のお世話をしてくれています。敬介のために元気で長生きをしなければと、生きがいになっていることも確かなようです。

5
フルマラソン走れちゃいました

敬介が紛れもない自閉症児だとわかりかけた頃、超多動な彼を外遊びに連れていくのには肉体的にも精神的にも我を鍛えなければという思いがありました。そしてその頃、同じ職場の人にマラソンを教わり、余裕のない中、時間を見つけては20㎞、30㎞と走りました。自分が何かを頑張ることで、息子の障がいが軽くはならないだろうか……私がマラソンを完走できれば、何か言葉が出るのではないだろうか……と敬介のことで気持ちがしんどい時は、ありもしないような思いも描きながらの練習。でも、この頃は何かに打ち込むことで自分を保っていたんだろうな……

そして、いつかは走りたいと思っていた大阪の泉州地区を駆け巡る「泉州国際市民マラソン」に挑戦！とうとう本番の日がやって来て、朝から雨がしとしとと降る中、いろいろな思いを糧に、なんと、初マラソン完走しちゃいました。しかし、42・195㎞を走りきることなどできるはずがないと思っていた家族は、私のフラフラとよろけながらの感動のゴールを目にしたものは誰もなく………

それ以来、毎年マラソンに挑戦し敬介も応援に来るようになり、私がゴールすると、跳びはねてよろこんでくれているように思えました。

私のマラソンの走り方

①先がしんどくなることは予測できない。（しない）
②少々はあきらめない。でも決して無理はしない。
③しんどくなったら「しんどい」と言葉に出して弱音をはいてみる。
④上り坂は何とか楽なように後ろ向きに歩いたり、景色を楽しんだりして苦にならないように気分を紛らわせる。そして、楽な下り坂はどんどんいけるところまで全力で走る。
⑤平坦なまっすぐなコースより変化のあるコースの方が好き。
⑥応援には手を振り、笑顔で応え調子に乗ってハイペースになって息切れする。

気がつくと、自分の生き方と似ている……

マラソンをして学ぶことはたくさんありました。一緒に走るマラソン仲間もでき、楽しい半面、子育て中の働く主婦にとっては、時間をつくり練習に出かけるということは容易ではありませんが、自分自身に少々の負荷をかけ、心身共に鍛えられ、何かに挑戦するということは日々の生活にも張り合いが出ます。スポーツ全般に言えることですが、人の体って鍛えたらどんどん強くなるし、マラソンの場合も精神面が強くなければ走りきれない。もう限界……と体が弱音を吐いてきた時、まだいける！　と精神面で支えれば体は動くけど、あきらめの気持ちが出てきたら足は止まってしまいます。体が限界だと弱音をはいてからでも走れる人間の体ってすごいなと思います。粘り強さ、子育てにも活かせたように思います。

敬介のおかげでフルマラソン走れちゃいました！

6 公文教室へ

敬介が小学校に入る前、他の子と同じように何か習わせてやりたいと思いました。しかし、そう簡単に健常児に混ざって習えるところはなく……。

あきらめかけていたところ、障がいがあっても受け入れてくれる公文の先生がいると聞き、話を聞いてみると……なんと、以前から知り合いだった萩本正美先生でした。今から考えるとかなり落ち着きなく、多動も激しい時期で暴れたりわめいたりで、かなりのバイタリティーがあり、決してあきらめない萩本先生でも、きっと大変だったと思います。それでも、本当に熱心に敬介以外にも何人もの自閉症児を受け入れてくださり、お世話になって2年ほどたったある日、「日本橋で、障がい児クラスを専門にしているすごい先生がいるから、ここにいるよりそっちに行って！　必ず伸びると思うから」と、日本橋にある公文教室を何度も見学に行った後に勧めてくれ、岸和田から3組の自閉症児親子が通うことに……。

そして、日本橋で障がい児教室を開いている浜口ゆかり先生との出逢い……

「お母さん、他の子に迷惑かかるから教室から出て外でクールダウンさせて」

「お母さん、時間がきたら必ずプリントは止めさせてね。仕事に行って切り替えができないとあかんから」

最初は、一緒に行ったお母さんと「きびしいな〜、普通の子扱いや……」と話したのを覚えています。それでも浜口先生の、障がいのある子もやればできるという自負、厳しくするが故の愛情が感じられたのと、親の私たちは、障がいのある子には家ではどうしても甘くしてしまう傾向があるので厳しくされるのは刺激的かも……と思い、仲間たちと一緒に通ってみることにしました。

自閉症、学習障がい、ダウン症、言葉が発せられない重度のお子さんなどが親子で遠くからも通っていました。教室では教材を指差ししたり、鉛筆でなぞったりと、それぞれのやり方で授業に参加していました。

授業は「はい、浜口先生の方を見て！」と先生と目を合わせてあいさつをすることから始まり、テンポのいい音楽に合わせて数唱（声を出して数を数える）をし、ハサミを使う練習や言葉と結びつけるために身振りをしながらの反対言葉、数字を並べる競争に、英語、絵本の読み聞かせなど、1時間半の間に次々と進められ、レベルアップしたクラスでは、お金の使い方や、百人一首、日本地図など盛りだくさんなプログラムでした。当時の浜口先生は子どもにも親にも厳しく、いつも「この子たちが社会に出て、あいさつをする時によそ見していたらおかしいでしょ」といった感じで、こだわりや問題行動はするどく指摘し、本人にも厳しく指導してくれて、時には先生からの障がい者に関する情報や、保護者のみなさんを交えての雑談は楽しく勉強になりました。最初は週に一度、電車に乗って行くのは遠く感じましたが、学習内容すべてに意味があり、敬介たちそれぞれが苦手とすることを克服するようなことが組み込まれていました。そして、ハンディのある子たちが社会に出て、少しでも自立できるように、他の人から好かれるようにと、十分過ぎるくらいの力と愛情を注いでくださいました。この教室に来て、何らかの障がいがあっても、くり返し学習することでできるようになるという可能性を見ることができ、その可能性にかけて頑張っている親の姿も見ることができました。敬介も分数の通分などもできるようになっていましたし、日本地図は一分半もあれば全都道府県をパズルに入れることもできました。それから、電車に乗って行くので、切符を買う練習、電車内でのマナーも教えることもでき、人と合わせて歩く練習、帰り道では、毎回、甘味処のお店でソフトクリームを注文するなど、お買い物の練習もできました。

「継続は力なり〜」

しかし、2015年12月に、浜口ゆかり先生がお亡くなりになりました。

「小亀さん、私、公文教室をやめて、Y・Sスクールとして障がい児クラスだけをしたいと思って。私が本当に教えたいのは、障がいのある子どもたちだから。小亀さんどう思う?」と話してくださり、私は「これからは、先生がしたいことをしていかれたらいいと思います」と言うと「よかった……」と笑ってくださって、Y・Sスクールを立ち上げたところだったのに……。

そして、浜口先生は亡くなる直前まで、敬介たちのために教室に車イスで来て、最後には敬介たちに死ということを教えてくださいました。これからも、先生を頼りに教えてほしい子どもたち、親がたくさんいただろうに……みんなに惜しまれて、天国へ行ってしまわれた浜口先生。でも、先生自身がもっと生きて、みんなとずっと一緒に勉強をしたかったでしょうね。

こぼんちゃん日記

KOBONCHAN's Diary

「浜口先生ありがとう」

年末に、長年にわたり、こぼんちゃんやハンディのある子が通っていた日本橋にある公文のつくしんぼ教室をされていた先生がお亡くなりになり…

こぼんちゃんにも「浜口先生、死んじゃったよ。もう会えないよ」と話すと「死んじゃった…」と言葉にはするのですが、やはり意味はわかっていない様子…

その夜、お通夜に連れて行きお焼香もして、最後にお別れをしようとこぼんちゃんを連れ、お棺へ…

そしてもう一度、

「こぼんちゃん、先生は死んじゃったんだよ。もう会えないよ。公文の教室にはもう行きません。お礼言ってね」と言うと、顔がお棺の中に入るんじゃないかと思うくらい先生の亡骸に顔を寄せ、

「浜口先生ありがとう」と言っていました。

帰ってきて姉が「敬介、心なしか、悲しそうな顔してるで」と言いました。でも、「死」ということが

どういうことなのかはきっとわかってないだろうな…

次の日「こぼんちゃん、浜口先生は？」と聞くと「死んじゃった」。

ワタクシが死んでしまったら、こぼんちゃんはどうするだろう…

きっと毎日「おかあさんは？」と聞くだろうな…

自閉症の子に「死」を理解させるって本当にむずかしい…

（こぼんちゃんが小さい頃、よく風呂で湯舟に浮き、死んだフリをして薄目をあけ、こぼんちゃんの様子を見ていたワタクシ……）まだまだ、教えていかなきゃいけないことがたくさんあるということに気づき原点に戻る……

今までハンディのある子どもたちの成長を願い、全力を注いでくださり本当にありがとうございました。心よりご冥福をお祈りしています。

7 「いっしょにね!!」との出逢い

紙芝居隊出動！

「ハンディのある子とない子と大人たちの楽しい出会いの会」というフレーズで、文字通りハンディのある子もない子も一緒に遊び、大人たちの楽しい出会いと学びの会でもある「いっしょにね!!」（髙田美穂さん代表・1995年発足）というグループに誘われ、最初はよくわからないまま入会したように思います。その会は、休日などに体育館でミュージックケアなどをして親子で遊んだり、クッキングを楽しんだりと、会員で企画し自由に参加します。その会には「出前紙芝居」というものがあり、いろいろな団体や学校から依頼され、すべて手作りの紙芝居やパネルシアターなどを持ち込み、障がい児者理解の授業をします。「いっしょにね!!」の会の内容を紹介させてもらうと……

「いっしょにね!!」の会紹介

会の紹介

ハンディの有無にかかわらず、共に育つことを意識しながら、障がいについて「学ぶ」「伝える」「いっしょに遊ぶ」、そんなことをそれぞれの立場で続けている会。

出前紙芝居

クイズ

点字ブロックや視覚障がい者用信号など、実物のものや音を用いてハンディのある人が必要とするものをクイズ形式で説明します。

パネルシアター

視覚障がい、自閉症、身体障がいなど、様々なハンディのある子どもたちと周りの子どもたちとのふれあいを、大パネルと紙人形を使って劇をします。

紙芝居

題名/「わたしのいもうと」ハンディのある妹のことについて姉の思い、姉の視点から見たお話(実話)。

題名/「ゆうくん」自閉症の子どもをもつ親の苦難と、自閉症の代表的な症状が描かれています。

子どもたちに向けてメッセージ

「もし、このクラスにハンディのあるお友達がきたら?」をみんなで考えてもらいます。(私が話す場合は、お話が苦手な息子が、学校や家でお友達とどのようにして遊び、過ごしているかを話します。)

手話

手話のボランティアの会「碧い鳥」さんとのコラボで、子どもたちと一緒に簡単な手話をして覚えてもらいます。「おはようございます」「こんにちは」「ありがとう」、そして最後に必ず「一緒に遊ぼう!」の手話をみんなでして終わります。

授業が終わると、子どもたちは笑顔で「また来てね〜」「ありがとうございました」と元気に言ってくれ、中にはこっそり「私の弟も障がいがあるねん」と教えてくれる子もいます。

授業を受けた子どもたちは、それぞれに感じることもあるでしょうし、「障がい」「ハンディ」に関する知識も高まると思います。

世の中にはいろいろな人がいて、ハンディのある子もない子もみんなうれしかったり傷ついたりする同じ子どもであるということ。でも少し手助けもいるし、工夫がいるお友達もいて、そんなお友達の立場になってみようということ。健康な体が必ずしも当たり前ではないということなど、どんな人にも偏見をもたないように、小さい頃からの学びや知識を深めるということは、とても大切だと思います。

子どもたちにまっすぐに話せば、まっすぐに受け止めてくれる。そして「いっしょにね!!」の授業を受けた子どもたちは道で会うと「あ、『いっしょにね!!』の、けいちゃんのおかあさんや!」と言って呼び止め、「いっしょに〜あそぼ〜!」と手話をしてくれます。子どもたちに、どこで出くわすかわからないので、一歩外へ出ると疲れた表情など禁物で、常に笑顔でいるよう心がけています(笑)。

いろいろな子どもたちが、お互いに影響を受けながら一緒に学び育っていくことをイメージして、少数のハンディのあるお友達に慣れ親しんでほしいという願いもあって紙芝居活動に参加しています。そして、この会で出逢った様々なハンディのある子どもたちと、手のかかる子どもを育てながらも、仲間と一緒にわかち合い学習し、自らを向上させ楽しみながら周りをよくしようと、様々な場所で活きいきと活動しているお母さんたちに励まされました。

ハンディのある子をもつ親たちは、たくさんの活動をする中、健常児のお母さんたちが賛同してくれたおかげで何事もスムーズにいき、そしてまた、健常児の親たちも、障がい児を育てるのとは違った苦難があり、それを支えてもらったのが「いっしょにね!!」のグループの人たちだったと話す人も多くいます。そして何より、お互いの子どもたちが一緒に交わり遊んだことが大きな影響を与え、大人になって福祉関係の仕事を目指す子どもが多くいるそうです。

私自身もこの会で障がいについて考え、大切な人たちと出逢い、各小学校などで子どもたちに大切なメッセージを伝えることができました。

「いっしょにね!!」のみなさん、これからも一緒に楽しい会にしていきましょう。

つい最近も、敬介が通った小学校へ出前紙芝居に行ってきました。そして、子どもたちに、敬介が学校で、また放課後どう過ごしていたか、周りのお友達がどんなふうに言葉の話せない敬介と関わっていたかということを話しました。子どもたちは、興味深く耳

を傾け、質問コーナーでは「敬ちゃんの将来の夢はなんですか?」とか「どんなことが好きですか?」などいろいろと聞いてくれました。

「将来の夢は～、敬ちゃんにとっては難しいですね～。小学校の頃は犬になりたいと言ってました」(爆笑)

「もし、道で会って声をかけてくれても、返事はしないかもしれないけど声かけてね～」と呼びかけると……次の日から、敬介が学校の前を通ると、低学年から高学年まで、たくさんの子どもたちが「けいちゃ～ん」と呼びかけてくれ、私にも「敬ちゃんは、きょうだいいてるん?」「敬ちゃんはどこの学校に行ってるの?」と興味をもって聞いてくれます。

数年前に出前紙芝居に参加した時に比べると、今は子どもたちの認識も深く「障がい」や「ハンディ」というものが身近なものになっているように感じます。その昔……障がい者に対しての理解も薄く、偏見だらけの中で一歩一歩頑張ってこられた先輩たちに感謝です。

それでも、地域によってはまだまだ偏見の多いところもあり、支援学級在籍の子は親子で孤立し、つらい日々を送っていると耳にすることがあります。そんなところには「いっしょにね!!」の紙芝居隊出動です。

「学校に、『いっしょにね!!』を呼んでください! とお願いしてください」

微力かもしれませんが、とっかかりです。

この私も、敬介が入学する前の年に先生にお願いし、初めて紙芝居隊が校区の小学校に来ることになりました。同じ校区の支援学級のお母さんも参加して、みんなの前で障がいのある子どものことを話そうとしましたが、涙があふれて何も言えませんでした。それでも、子どもたちは、それを受け止め理解しようとしてくれました。敬介に関しても、その時のやんちゃな6年生が「敬ちゃんのお母さん、敬ちゃんは病気なん？　治るん？」などと聞いてくれ、敬介が小学校に入学してもとても仲良くしてくれました。その時から地域の小学校には、途切れず定期的に紙芝居隊は行かせてもらっています。

「いっしょにね!!」の仲間と話します。

「障がいがあっても地域の校区に出ることができる元気な子どもと親の私たちが、いろいろなことをみんなに伝えていこう」

そして、浜校区の保護者の方から紙芝居隊へのありがたいメッセージ……。

「授業ではなかなか伝わらない、でも絶対絶対大切なことを教えてくれる環境があること……ほんまにありがたく思います」

「いっしょにね!!」の仲間

コラム

こぼんちゃん日記と「小亀ちゃん」

いっしょにね!! 髙田 美穂

こぼんちゃんママこと「小亀ちゃん」は、私より6歳若い。

泉州マラソンに出ちゃう元気なママさんで、ノリよくキレよく優しくてあっさり味で、面倒見も良いけど抱え込まず、素敵な笑顔で自然と周りを巻き込んでしまう不思議な人だ。

はじめて会ったのは「いっしょにね!!」のサンアビリティーズの確かクリスマス会。バンドの曲に合わせて子どもと同じかそれ以上にノッているママに「わあ。おったおった(笑)。私と一緒やん。エエ感じ」。「小亀ちゃん」はアフロのかつらを被っていた。悔しいけど私はちょっと負けた。

会報に行事の感想文などたびたび書いてもらい、その文才に目を付けた書記の花田律子さんにも拍手だ。連載となった『こぼんちゃん日記』からは、障がい児の子育てはしんどいだけはないよ〜と「小亀ちゃん」からのさりげないメッセージが会員に届くのだ。小亀家には申し訳ないが「今回のこぼんちゃんはどんなことをしでかすのかなあ」と変な楽しみさえわいてくるのだ。しかも自分の子どもの「あーしんどいやん」がちょっと小亀マジックにかかっておもしろく感じたりもしだす始末。これはちょっとした洗脳だ。

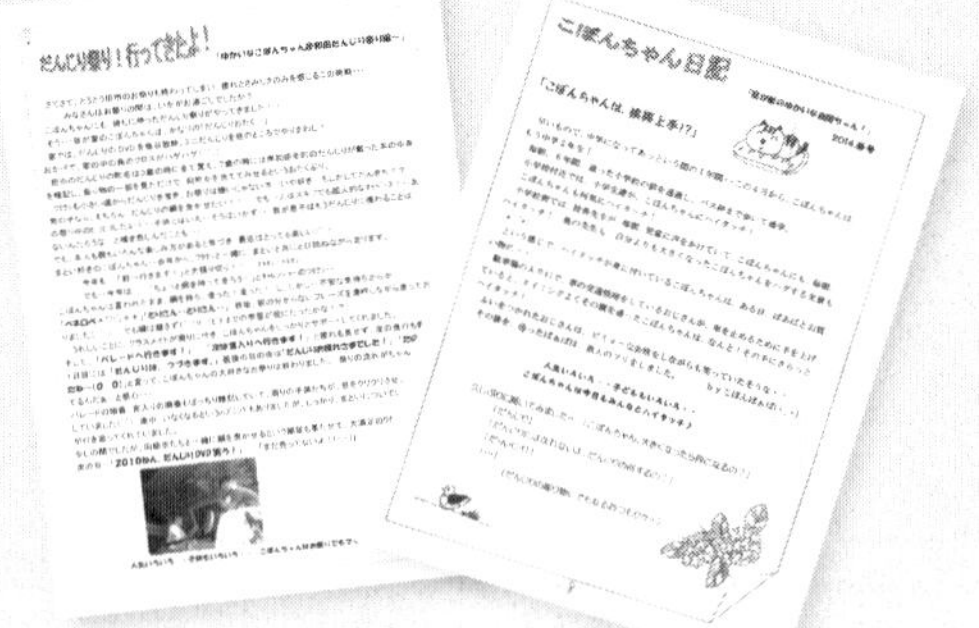

こんなに楽しい読み物を会員だけで楽しむにはもったいない。以前『聞いちゃって～障害児子育てのホンネ・家族の思い』で大変お世話になったクリエイツかもがわの田島英二社長ならきっとおもしろがってくれると思い原稿を送らせてもらったところ、スタッフたちが気に入ってくれたとのこと。自分のことのようにうれしかった。なぜこんなにうれしかったのか。

こぼんちゃんは自閉症。わが娘・育子は内部障がいに身体障がいと知的障がい。

障がいに違いはあるのだけれど、地域の中で理解してもらうための努力は惜しまないという部分に共感するからだ。「小亀ちゃん」なら努力だなんて、たいそうなと言うかもしれないが、私は地域の小グループの立上げから始まり、「いっしょにね!!」や地域の小学校の子どもと育子との交流のために費やしたエネルギーは、子どもをもう一人産み育てたくらいかなと思っている。「いっしょにね!!」の出前大型紙芝居も、わが娘を題材に泣きながら文の組み立てをしたウェットな私にとって「小亀ちゃん」は憧れの存在でもある。

以前小亀家のメンバーと食卓を囲ませてもらって感じたあの温かい雰囲気は、なんて言ったらいいのか。ちょっと古いけれど『♪あったかいんだから～♪』。ばぁばやパパさん、なっちゃん、みんながこぼんちゃんと笑いのツボを共有してる。

本当に素敵な家族なのだ。その真ん中に「小亀ちゃん」はどっしりといる。

8 地域の小学校へ

「一大事！　学校選択？」

今から考えるとテストもなしで、学校を選べるなんていいのかも……。

就学前、何らかの障がいがあると診断された子どもは、その子にとってどの学校がより適しているかという、市で行われる適性就学検査を受け、その結果を目安にして学校を選びます。敬介も適性検査を受け、地域の小学校かスクールバスで通う支援学校、どちらかの選択でしたが、検査の結果は地域の小学校の支援学級ということでした。「選ぶ」ということができない敬介に代わって、私たち家族が選んだのは地域の浜小学校でした。理由は、地域の小学校へということを意識して頑張ってきたということと、身近に自閉症という障がいのある子がいるということを、地域の人や子どもたちに知ってほしかったということ。そして根本には、障がいのある子もない子も同じ教室で、お互い刺激されながら様々な形で共に学ぶということができたら、という家族みんなの理想があったからです。

でも、一番の決め手となったのは、敬介の姉が弟と同じ小学校に通いたいと言ったことでした。それから、珍しくも小学校の支援学級の先生がわざわざ家に来てくださり、ぜひ地域へと勧めてくれ、その後、適性検査の結果のお話と進路について小学校に出向き、先生方と話し合いました。先生方は終始笑顔で、敬介の進路を真剣に考えてくださいました。

教頭先生が「お母さん、支援学校も専門的で悪いとこやないよ。僕の経験から障がいのある子がクラスにいると、周りの子どもは伸びるのは間違いないんやけど、その子自身が伸びるかどうかは何とも言われへんわ」とおっしゃいました。そのとおりだと納得し、本当に敬介のことを考えてくれているのだと思いました。そして、迷いなく「ぜひ、浜小学校にお願いします」と私が言うと、先生方はすぐに承諾してくださいました。

そのお話をしている最中、一緒に来ていた敬介は、校長室のソファーで終始静かに……逆立ちをしたり、ハンドソープを出しまくったりと多動を最大限に表現し、すでに入学後の大変さを十分にアピールしていたと思います……（笑）

その後、支援学級（ひまわり学級）担任の古谷武彦先生に手紙を書きました。

「古谷先生へ」（２００６年11月）

こんにちは！　先日はお世話になりました。

お忙しい中、先生方に長時間お話ししていただき、ありがとうございました。敬介が浜小学校へ通えることが決まりうれしく思っています。教頭先生がおっしゃるように支援学校も決して悪いところだとは思っていません。でも、いろいろな子が地域で共に学ぶということが、私や家族の理想だったので……

それから、先生方が「お母さん、ここまで来るのにいろいろな思いをされてきたでしょう」と声をかけてくださった時には、思わず涙がこぼれそうでしたが、泣くのは敬介の入学式の時！ と決めていたので…（笑）少々の不安もありますが、私のできることであれば、先生方、地域の人たちにも、敬介のこと、障がいのことなどを理解していただけるよう学校に足を運びたいと思っています。そして、敬介を通じて他の子どもたちが何か学んでいただけるようなことがあれば、とてもうれしいことかなと思っています。

敬介に関しては……宇宙にでも行くんじゃないかなあ……なんていう期待もありますが（笑）今は多くを望まないつもりです。今までのように、ひとつできたらまたひとつ。といった感じで、階段を上がっていってくれればいいかなと思っています。そして、古谷先生が来年度もいてくださることを祈りながら……４月からよろしくお願いします。それから、敬介は日々成長しているので状況等はもう少し後に先生に報告したいと思っています。

４月までにひまわり学級のお掃除に参りたいと思いますので、よろしくお願いします。

その後、入学前にＰＴＡでの校内清掃の日にひまわり学級に在籍する子どもの保護者の方を誘って教室をピカピカに掃除しました。

私が小学生の頃……その頃も特別学級はありましたが、私の中では明るくなく、何となく閉ざされた感じで、この教室で一体何をしているんだろう？　というどちらかというとよくないイメージしかありませんでした。それに比べると、ひまわり学級は初めからそんなイメージはありませんでしたが、明るくてきれいで見通しのよい教室がいい！　という私の勝手な思いと、私自身が「これから頑張るぞ～！」という気合いもあり、掃除をさせてもらいました。先生方が「ひまわり学級が一番きれいになったなあ」と声をかけてくれ、うれしかったことを覚えています。

「古谷先生へⅡ」（２００７年３月22日）

時々、神様はどうして生まれつき「障がい」と名のつく少数の子をこの世に送り出すのだろう……と考えることがあります。ひがみでも恨みでもないのですが、神様の仕業なら、何か意味があるのかな？　この子たちは何か重要な使命があるのかな？　と。それとも、私たち人間がどう克服していくか試されているのか……また、障がいのある子や人と接して健康なわが身に感謝しなさい。人という原点に戻りなさい。というおぼし召しなのか……そして、障がい児がわが家にやってくるということも、私たちに何か使命を与えてくださっているのか？　もしそうならば、親として「社会」というものができてしまっているこの世で、障がいのある子どもたちのことを「こんな子たちがいるよ」と話し、少しでも生きやすく、過ごしやすくなるために働きかけることなんじゃないかなという思いに駆られます。一昔前ならどうしていたのかとか、それを少しずつでも変えていってくれた人たちがいて、それを受け入れてくれる人たちがいたから今の時代、少しずつでも社会に受け入れられるようになってきているんだろうなとも思います。

敬介が生まれてからこんなに短い月日でさえ、たくさんの人に助けられ支えられてきました。私の高校時代の友達でお子さんに重度の障がいがあり、支援学校に通っていますが「敬ちゃんが、地域に行けるなら行かせてやってほしい。こんな子どもたちがいるということを地域の子どもや、大人たちにわかってもらってほしい」と私の手を握りしめて言います。

私にあるのはやる気だけですが、自分のできることからやってみようと思っています。、多くの子どもたちがハンディのある敬介のような子どもと関わり、どこかしら心が育ってくれたらうれしいです。

お忙しい中、私の思いを聞いてくださってありがとうございました。

敬介はとてもおもしろい子なので、4月からよろしくお願いします。

そして、これからいろいろとお力をお貸しください。

母日記

HAHA's Diary

2007・2・15

なっちゃんの参観で学校に行ってきました。すっかり2年生のお姉ちゃんになって、クラスで楽しそうに過ごしているようでした。そして、教室からの帰りにひまわり学級の前で古谷先生に呼び止められ教室に入ると、終始にこやかにお話をしてくださり、「どんな球根でも花が咲くことを見せてあげたいと思って」と言って見せてくださったのが、ガラスの容器に入った5つのヒヤシンスの球根でした。敬介が入学する4月から、ひわまり学級は球根の数と同じ5人。「頑張れ、球根！」「頑張れ、ひまわりの子どもたち！」どんな花でも咲かせようね。古谷先生のお心遣いに私の心にもつぼみができたような感じがしました。

それから入学後、少しでも早く敬介に馴染んでもらえるようにと、敬介の生い立ちや経過、障がいの程度、特徴、行動、何かあった時の対処法などを書いた「敬介取扱説明書」なるものをファイルにして、担任の先生とひまわり学級の先生に手渡しました。

付け加えて先生にお願いしたことは、可能な限り「みんなと一緒に」ということでした。特別扱いをすることなく、ダメなことはダメと教えてほしいということと、小学校での支援の希望はできるだけ他の子たちと一緒に行動ができるようになってほしいということでしたが、おそらく難しいお願いだったと思います……しかし、先生方やお友達に迷惑がかからないだろうか……敬介自身本当に地域の小学校でやっていけるのかな……一人ぼっちで寂しい思いをするんじゃないかな……というような不安はなきにしもあらず……

「いよいよ入学式」(2007・4)

晴れ晴れとした気持ちで迎えた姉の入学式の時とは違う緊張感。大きなランドセルを背負い、黄色い帽子と真新しい制服に身を包み、新しい場所、新しいお友達……初めての所が超苦手な敬介が、式の間どうするのだろう……まずは、じっとはできなくて、スキを見て得意なワープをするだろうな……静かな中、パニックになって、泣きわめくかも……

夫と私、姉も一緒に小学校へ向かう途中、いろいろなバリエーションの、よくない光景を想像しながら、これから……「始まる」「始める……」という期待感、意気込みももちながら、不安も隠せず、汗がじわっと出てくるくらい、わが子の手をぎゅっと握りしめ、学校へ向かいました。反対の手は夫の手が同じようになっていたと思います。

そして、桜咲く学校の門をくぐり緊張感が最高調に高まる中、一呼吸置いて、校舎に入った瞬間……

「待ってたよ、敬介さん!」

という先生方の声が私の耳に、心地よく入ってきました。

そして、その言葉で私たちのこれまでの緊張感と不安が吹き飛びました。

もちろん、先生方はピカピカの1年生すべての子どもたちを、同じ気持ちで迎えてくださっているのだと思いますが、その時は、私たちの気持ちを読み取り、言葉をかけ、迎えてくださったのだと思うと涙が出そうになり、私たちにとって忘れることのないありがたい言葉になりました。

その間、敬介は夫と私に手をつながれていたので身動き取れず（笑）。そして、とうとう親の手から離れ入学式へ……（小学校入学……これまでの思いを巡らせ、きっと泣くんだろうな……私……）

そして、私たちは保護者席へ……先生方とたくさんの上級生に見守られ、まもなく新入生入場。みんなおそろいのブカブカの標準服を着て、少し緊張気味な表情がとってもかわいい♡……敬介もみんなと一緒に並んで入場してきたぞ。先生が横についてくれているし問題ない……（泣く準備？）式は進み、新入生着席。

えっ！　着席どころか、一人イスの上に立っているではありませんか！（見晴らしいいだろうな……）

違う、違う！　ハッと我に返った瞬間……（始まり～始まり～）私の中でシャンシャンと音が鳴り、「小学校編～」の幕がドーンと上がりました。先生がすみやかに座らせてくれて、ひと安心……

その後も足をブラブラ、イスをガタガタと落ち着かず、最後の写真撮影はまっすぐに座れず、カメラ目線というものを全くしない敬介に時間を費やしながらも何とか終了。

その後は教室へ。もう先生にお任せするしかない……

そして、クラスに敬介を迎えに行った時には、大泣きで担任の先生に抱っこされた状態でした。先生は敬介が泣いている理由を探そうと、もう誰もいなくなった教室をあちこち歩き回ってくれ、やっとのことで少し斜めにかかっていた展示物を見つけ、それを元に戻すとすっと泣きやみました。敬介はきっと、私たち以上に緊張して頑張っていたのだと思います。そんなこんなで、敬介の新たなステージである小学校の入学式はどんどんと場面が変わり、泣く暇がなかった母でした。

9 手紙

保護者のみなさまへ

小学校での生活が始まり、予想通りの展開を見せる敬介でした。6年間、ここでも理解を求め、敬介と周りの背景を書いた手紙を同じ学年の保護者のみなさんに配りました。

「1年生の保護者のみなさまへ」

こんにちは！　小亀敬介の母です。給食も始まり子どもたちもそろそろ学校にも馴染んで楽しく登校していることかと思います。今回、1年生の保護者のみなさまに、ひまわり学級に所属している息子の敬介のことでお手紙を書かせていただきました。

毎日、教室をウロウロしたり外へ出て行ったりと、もうすでにお子さんから「敬介君なあ…」とお話を聞いておられる保護者の方もあるかと思います。その敬介ですが「自閉症」という障がいがあります。

自閉症について簡単に説明しますと、生まれつき先天的の「脳障がい」で、脳内の中枢神経の障がいのため、社会性や協調性に欠けると言われています。他の人とのコミュニケーションが困難で、幼児期から言葉が遅かったりこだわりが強かったりと、症状は似ていても一人ひとり個性があり千差万別のようです。

敬介も言葉が遅く人と目を合わすことが苦手で、4歳頃まで自分の名前すらわかっていなかったようで、名前を呼んでも振り返ることもなく、超多動で常に目と手を離すことができませんでした。また親の私たちを認識することもできず、自分の要求以外は話しかけてくることもありませんでした。

しかし、姉や地域の子どもたちと一緒に浜小学校へ行かせたいという家族みんなの思いがあり、学校側もそれを受けてくださったので、今年浜小学校へ入学することになりました。

授業中は、言葉が理解できない敬介にとってはおそらく知らない国のお話を聞いているような感じだと思うので、集中できず席を立ってしまうこともしばしばあるようです。集団の中でルールを守ったりすることも難しく、順番が守れなかったりもします。言葉の面では2〜3歳程度で、オウム返しが多く、まだまだお友達と会話することは難しいようで、話しかけられても返事をすることがあまりないため、クラスのお友達にとっては不思議な存在だったりするかと思います。

今の敬介は…

文字や数字は好きなので本を読んだり、字を書くことはできます。しかし、目で見てわからない抽象的な言葉は理解できていないようで、二語文が少し言える程度です。

それから自他の区別がつきにくく、お隣の席のお友達の持ち物や給食などを気にせず取ってしまいます…。

敬介には、人を意識することや競争心などはありません。みんなと共有することは難しくても、楽しかったり悲しかったりという感情はあります。人に乱暴なことをすることもなく優しい性格だと思っています。

自閉症は、人とのコミュニケーションをとることが困難な障がいだと知り、私自身、わが子はお友達と楽しい会話もできず、みんなと共有して遊ぶことはもう一生涯ないのかと嘆きましたが、みんなが敬介に関わってくれ、次第に目を合わせるようになり、手をつなぎ、自分から関わりをもとうとしているのを見て、今では以前のような思いはなくなり、個性だと思えるようになりました。自閉症は薬や手術で治せる病気とは違い、ある程度症状は薄れてくる場合もあるようですが、完治はしないようです。しかし、敬介は人と接することによって、また周りの優しい人たちの気持ちに触れ、どんどん成長しているように思います。

小学校に行けば、みんなに迷惑をかけるのでは？と心配でしたが、クラスのお友達の名前も覚え、みんなに助けてもらいながら何とか毎日、いやがらず楽しんで学校へ行っているようです。

子どものことについては私だけでなく、みなさんそれぞれに不安や心配があるかと思います。私も敬介が地域で自立していけるよう、ゆっくりでも足を止めずに頑張っていきたいと思いますので、これから先、力をお貸しください。勝手なお願いですが、どうかよろしくお願いします。

今、読み返してみると遠慮しながらの理解を求める必死の訴え、そしてお願いといった感じですが、見た目は他の子どもと変わりなく、ただ落ち着きのないしつけの悪い子に見えてしまう「自閉症」という障がいを理解してもらうため、保護者の方に手紙を書きました。その後、手紙を読んでくれた保護者の方は敬介のことをいろいろと聞いてくれたり、「うちの子は敬ちゃんのことが大好きで、家でいつも敬ちゃんのこと話してるよ」とか、「私の子どもも、大きな手術をして苦労したよ」などとたくさんの人が話しかけてくれました。

この頃の先生との交換日記のような連絡帳を読み返してみれば……「敬介は訳も分からず泣きました。」「えんぴつを投げて泣きました。」などと綴ってあり、先生からの連絡も「今日は泣きました。」とか、宿題のプリントに涙が出て泣いている顔を描いていたりと日々泣いてばかり……きっとつらかっただろうし、頑張っていたんだろうな……言葉でうまく伝えることができない敬介は、泣くことでしか気持ちを表すことができなかったんだろうな……そんな時には安堵を求め、姉のいる3年生のクラスへたびたびお邪魔していたようですが、先生や子どもたちは無理にクラスに戻すのではなく、気の済むまでいさせてくれていたようです。それでも敬介は、毎朝家族をわずらわすことなく学校に向かってくれました。しかし、この年は夏休み前に腕を骨折したり、先生が朝の会議をしているスキを狙って脱走し一人でプールに行っていたりと、先生方には大変なお世話をおかけしました。

「2年生の保護者のみなさまへ」

こんにちは！　このおたよりがみなさんの所に届く頃はもうクリスマスかも…2年生のお友達は何をサンタさんにお願いしたのかなあ…ちなみにうちの敬介くんは『だんじり…ふでばこ！』（え～、だんじりのふでばこ～!?　そんなの見たことない…）サンタの国に作成依頼を…とも思いましたが、「ほかは？」と聞いてみると「だんじり　ふでばこ♪」何度たずねてもコレ。

敬介がサンタさんをなんとな～く理解したのは2年くらい前でしょうか…それまでは、何が欲しいのかわからず苦労し、やっと自分で言えるようになったので何としてでも…と思いましたが、サンタさんも困るだろうし「ペネロペの絵本は?」とごまかしてみると「ペネロペ⁉　絵本⁉」

みなさんも楽しいクリスマスを！

2年生になって…

クラスのお友達が、学校にも慣れ余裕が出てきているおかげで、敬介にもよく目を向けてくれているようです。下校時もたまにお迎えに行くと「今日、敬ちゃんなあ…」と教えてくれ、何人かのお友達が毎日敬介を送ってきてくれます。「敬ちゃん、ポニョうたおうか。さんはい！」と、すぐにどこかへ行ってしまう敬介の手を決して離さず…少しですが会話になっているのを聞いて、ニヤつかずにはいられず、毎度少し後ろからそっとついていき、その様子を隠し撮りしたりして思わず「敬介と何年生まで手つないでくれる〜?」と聞いてしまう母です。

母として…

少し前、古谷先生が「敬ちゃんがみんなと大縄跳びをしているので、ぜひ見に来てください！」とすごくうれしそうにおっしゃるので、どれどれ…と浜公園へ…

私の目に入ってきたのは、順番を待ち、普通にみんなと一緒に大縄をとんでいるわが子と2年生の子どもたちでした。数年前…いえ、去年からでもこんな日が来るとは思ってもみなかったこと。家までの帰り道、自転車をこぎながらひとすじの涙がぽろり…

少し前までは、ひとつ言葉が出ただけで感動でした。でも最近は少し欲が出て、敬介自身、何がおかしくて笑っているのか、どんなことを考えているのかを知りたいと思う母です。

2年生になると、敬介の存在も学年みんなに浸透してきました。敬介の周りには、いつも子どもたちがいてくれることをうれしく思った時期でした。

「3年生の保護者のみなさまへ」

こんにちは！　1年ぶりのお手紙です。

今年もクリスマスがやってきました。去年のおたよりの後、子どもたちが「敬ちゃん、ペネロペの絵本もらった？」などと聞いてくれました。そして、今年の敬介君のクリスマスプレゼントのお願いは…『走るトーマスセット』であります。

〈最近のうれしいニュースです！〉

今年もインフルエンザが流行り、敬介と一緒に通学していた姉もとうとうかかってしまい、朝は私が学校まで送って行くことに…そこへ現れた藤原兄弟とご近所の男子たち。

「敬ちゃん、学校まで連れていってくれる？」

「いいよ」

それから数日後、藤原さんちの長男りょうすけくん（姉の同級生）が「これからも朝、敬ちゃんと一緒に行ってもいい？」と言ってくれ、毎朝誘いに来てくれます。敬介は言葉はありませんが、とてもうれしそうに用

ひまわり学級のお友達とクッキング

意をして玄関を出て行きます。そして、私とばぁばは、その後ろ姿を涙で見送ります。思ってもいない出来事でした。帰りは町内で同じクラスの花田みずきさんをはじめ、たくさんの子どもたちが敬介を送り届けてくれます。敬介は…いや母はとても幸せな気持ちですが、行き帰り敬介と道を共にする子たちは、大変な世話がいることもあると思います。ほんとにありがとう。

浜校区にいるととても安心。敬介は目に見えない社会性に乏しいという特徴のある障がいのため、校区外に出ると、周りからは理解されず非難されることが多いです。でも、浜校区の子どもたちはいろいろなところで注意してくれたり、一緒に謝ってくれたりと、敬介のことをかばってくれているようです。弱者を守るということはその子を理解し勇気がないとできないことです。すごいな！　とうれしく思います。

メリークリスマス！　そして、来年もよろしくお願いしま～す♡

3年生になるとうれしいことに保護者の方だけでなく、子どもたちも私の手紙を楽しみに読んでくれるようになりました。学校では学年問わず敬介の好きなこと、苦手なこと、得意なことをよくわかってくれるようになり、敬介に関わってくれることが多くなりました。特に敬介の豆嫌いは学校中で有名でした…笑。

「歩け 歩け！　運動？」（2010・6）

ゴールデンウィークに義妹の結婚式があったので香川県へ行ってきました。式の間の長時間、じっとはできないけど何とかもちこたえられたこぼんちゃん…

最後に司会の人が、

「それでは、最後に新郎からみな様へのごあいさつがあります」

と言い放ち、静まりかえった中、絶妙なタイミングで「ありがとう！」と声高らかにさけんだこぼんちゃん…こちらの身内は涙が出るほど大爆笑！　やったね！（なにが？）

しかし…

3年生になって…近頃のこぼんちゃんはとってもイライラ…こだわりが強くなったり…。宿題！　というと、「いやいやあ〜！」とえんぴつを投げ、プリントを「え〜い！」「かなしかった〜！」と言って泣く。そして「なんで泣いた？」と自分に問う（ワタクシがいつも聞くのでオウム返し…）。学校では全くそういうことはないらしく成長期なのか？　反抗期なのか？　学年が上がって学習時間が増えて学校で我慢しているのか…？　いろいろ考えました。障がいのある子は脳波の乱れもあるらしく…3〜4年生で、ホルモンのバランスが崩れたりもするらしいです。

そういえば体が急に大きくなって、ぷくぷくしてきて布袋さんのようなおなかのこぼんちゃん…（これではいけない！　女子に嫌われる…でも家にいると部屋に閉じこもりゲームとビデオのくり返し…）

そうだ！　歩け歩け運動!!

土曜のお昼から二人で散歩に出かけることにしました。近くの公園内でサッカーや野球をしている子どもたち、それを応援している大人たちを横目に通りすぎ、臨海沿いをず〜っと、二色の浜辺りまで歩く時もあります。

たんぽぽを見つけるとわた毛というわた毛を引っこ抜いては吹いて飛ばし…こぼんちゃんの通った後にわた毛なし！

途中の無人な公園で遊びながらゆっくりと歩きます。ワタクシにもよい運動。

この間はゆさゆさと音が聞こえるので何かと思って近くに行ってみると、公園に布団太鼓が出ていて男の人たちが担ぐ練習をしていました。

会話にならなくても歩きながらいろいろと話しかけます。

「もうちょっと歩いたらアイス買う？」「買う！」

運動するといい気持ち。ストレス解消！　老廃物流出！　みなさんも歩け歩け運動いかがですか？

人生いろいろ…子どももいろいろ…こぼんちゃんは明日もきっと元気！


「4年生の保護者のみなさまへ」

少しずつ暖かくなって参りましたが、みなさまいかがお過ごしでしょうか？

1年早いもので4年生でいられるのもあとわずか…もうすぐ5年生ですね…敬介も去年からいくつかの行

事を経て大きな変化がありました！

〈運動会…〉

逃げ足は速いくせに、毎年徒競走では逆走したり立ち止まったり、コースからはずれて運動場から出て行こうとしたり…と全く競争心なくわが道まっしぐらの断トツのラストランナーだったのに、今年度は初めてゴール目指して走りました！　今までと違って必死で走るわが子を見て涙が止まりませんでした。そしてあまりのうれしさ？に…運動会の日に遊びに来てくれていたクラスのお友達数名と洋食焼きで大宴会！

…その日を境に「敬ちゃんデー」と名付け、週に1度は必ず4年生の子どもたちが誘い合わせて遊びに来てくれるようになりました。そして、みんなで「敬ちゃんと一緒に遊ぶ」ということをテーマに、トランプやかるたなどを子どもたちでルールを考えて遊んでいます。

部屋からはいつも楽しそうな笑い声が聞こえ、すごいな～この子たち…といつも感心して見ています。

そして、ある時は「公園に行ってくる」と言って、誰かがしっかり敬介と手をつなぎ、ガヤガヤと家を出ていきます。敬介も跳びはねるように意気揚々と……

その姿を、夢を見ているような気持ちでいつまでも見送っている母です。

そしたらなんと！　敬介の口から『ともだち　くるかな…』『ともだちくるぞ』という今まで耳にしたこと

※洋食焼き：岸和田浜地区のソウルフードで、お好み焼きとはちょっと違ったコナモン。生地をクレープのように鉄板に広げ、キャベツや、ねぎ、卵をベースに、牛脂ミンチとかしわ（鶏肉）などの具材をのせて焼きます。

のない言葉が出てきました。奇跡的！　すごい…

私が他の学校に障がい児者理解の授業で紙芝居やお話に行った時、感想文をいただくのですが「障がいのある子はかわいそう。」という文も多く…（そう思わないようにお話に行っているのですが…）

敬介の姉に「なあ、4年で敬介のことかわいそうやと思ってる子いてないでなあ？」と問うと「うん、いてないと思う」

浜小学校に入学する前、（もしかしたらいじめられるかも…）と思った自分が恥ずかしいし、子どもたちに失礼ですよね。

「5年も敬ちゃんと同じクラスになりた〜い」「敬ちゃんの隣がいい」などと子どもたちはそのままの敬介を受け入れ好きと言ってくれる。確かに浜小学校のどの学年の子も、敬介には理解をもって接してくれているようです。でも、同じ学年の4年生の子たちは苦手なところはすっと手を貸してくれたり、ダメなことはきちんと教えてくれ、得意なところは認めてくれる。どんなに幼いことでも、バカにせず「敬ちゃんの好きなもの」とわかってくれる。うれしいです。この子たちをみていると、子どもってハンディがあってもなくてもきっと関係ないんだろうなと思います。

敬介にとって、みんなといっしょに『同じ教室で学ぶ』ということが、最初は本人もしんどかったかもしれませんが、彼にとってはとても大事なことだったと、日々改めて実感しています。そして、周りの子たちも大きくなった時に、いろいろな人のことを偏見のない平等な目で見ることができればうれしいなと思います。

さて…大きな出来事が…

〈姉ばなれ!?〉

この春、大好きな姉が小学校を卒業して中学校に行ってしまいます。

言葉の出ない敬介が4歳くらいの時、初めて人を示す言葉を言ったのは、「ママ」でもなく「パパ」でもなく、「おねえちゃん」でした。

姉のクラスにはたびたびお邪魔。朝礼の時などはいつも姉のところへ行きおんぶか抱っこ。

敬介に「おねえちゃんは、もう小学校に行かないよ。敬介は一人で学校へ行きます」と教えるのですが、「はい!」と答え、まるでわかっていない様子…でも姉がいなくなったあとの敬介くんの小学校生活は、同級生のチビねえちゃんたちに任せましょう。

4年間一緒に育ってきたクラスの女の子たちが、メキメキとしっかりしたおねえちゃんになってきています。目を離さず、手をつなぎ、時には叱り、時には背中におぶって…

それから毎朝「敬ちゃん、いこか」と誘いに来てくれた藤原さんちのりょうすけくんも同じく中学校へ…

そして、卒業式後の姉もりょうすけくんもいない登校日の朝…

「敬ちゃん、いこか」とりょうすけくんの弟で敬介と同級生のたくみくんが誘いに来てくれました。

実は数年前、藤原さんちがご近所に引っ越して来られて、わが家にあいさつに来てくださった時、敬介と同じ年の男の子がいると聞きました。その時私は(敬介と交わることはないだろうな…)と内心思ったのを覚えています。しかし、こんなことがあるなんて思ってもみませんでした…。りょうすけくん、毎朝本当にありがとう。

〈去年のこと…〉

私と一緒にお風呂に入っていたのですが、湯ぶねでザブザブとお湯をゆらしているうちにおもちゃを流してしまい、「あれ…どこいっちゃった?」「いなくなりました」と必死で探しているので、私も一緒に探していると「あ〜ったぁ!」と見つかり、少したって「ありがとう」と言うのでびっくりして「なにが?」と聞くと、しばらく考え「探してくれたの…ありがとう」と言いました。「そうか、自分からありがとう言えたね。すごいね!」「すごいね! 敬ちゃん!」とまた涙が出ました。

言葉がすべてオウム返しでも、いつかはわかると信じてあきらめず何度も教えてきてよかった…「ありがとう」「ごめんなさい」。

さて、今日もクラスメイトが来てくれます。子どもたちの力ってすごいです。子どもたちの笑い声はコロコロときれいな鈴の音のよう…

そして、いつも行事があるごとにご自分のお子さんと同様に敬介のこと「敬ちゃん、すごい成長したなあ!」と見守ってくださる保護者の方々、ありがとうございます。

5年生もよろしくおねがいします。

〈最新情報!〉

23日、4年1組のお楽しみ会で敬介を交えた仲良しグループで作成した紙芝居『みんなのヒーローけいちゃん』をするそうです。本日わが家に持ってきて、みんなで紙芝居を披露してくれました。

大人になってもいい思い出になるだろうな…と思いすごくうれしかったです‼（敬介も覚えてたらいいな…）


この年から子どもたちで名づけた「敬ちゃんデー」という日ができました。敬ちゃんデーの放課後はたくさんのお友達が家に遊びに来てくれ、各自お家の人が持たせてくれるおかしと、私のへたな手作りおかしでの子どもたちとのおやつタイムは私の楽しみでもありました。お茶をしながらおしゃべりをするってすごく楽しいのは大人も子どもも同じだなあと痛感しました。手作りおかし…ここで書くのは恥ずかしいのですが…シェルの形のマカロニを茹でてきなこでまぶしたり、ホットケーキ粉でドーナツを揚げたり、ジュースとフルーツの缶詰を混ぜてのフルーツポンチ。ホットケーキは子どもたちで焼いてもらったし、クリスマスはカステラやホイップクリームなんかを準備しておいて、これも子どもたちでオリジナルケーキを作ってもらうので手間いらず！　それでも「こんなん、食べたことない〜！」「おいしい！」と言ってよろこんでくれました。食べたことない…そりゃそうです。昭和なおかしばかりですもの（笑）。

ある日子どもたちが「敬ちゃんを学校に連れていってもいい？」と私に聞いてきたことがありました。

紙芝居の作成に敬介も参加し、みんなでストーリーを考え絵を（敬介は自分の顔を）描いたそうです。

10枚もの大作でみんなの学校での様子、こぼんちゃんの性質をうまく取り入れて、ストーリーも悪者まで登場して、なかなかおもしろい！　そして、最後の場面にはみんな笑顔の絵が描かれてあって、「こぼんちゃんのまわりにいたら、大人でも子どもでも老人でも赤ちゃんでも、悪人だろーと天使だろーとかいじゅ

紙芝居『みんなのヒーローけいちゃん』
作成中。学年が上がっても紙芝居は2部、
3部と続きました。

うだろーとみーんながにこにこ笑顔になれる。」と締めくくってありました。

紙芝居は、もちろんプラチナ級に素敵だったけど、私には敬介を紙芝居作成の一員に入れてくれたことが何よりうれしかったです。子どもたちのひらめき、行動力に感動！ また涙…その後、学年が上がっても紙芝居は2部、3部とできあがりました。

それから、お友達が家に来ても知らんふりで一人遊びをしていた敬介が、最初、無理矢理にでも仲間に入れられることで、お友達と共有して遊ぶ時間が少しずつ増えていきました。本当のところ、敬介はどう思っているのかはわかりませんでしたが、自閉症の人って、コミュニケーションが苦手なだけで、人間ぎらいではないはずなので、人の輪に入ることで言葉につながる気持ちが芽生えてくれたらいいなというのが親の思いでした。言葉が理解できなくてもいつかわかる日が来るかもしれないと思い、人として大切だと思われることは何度も何度もくり返し教えました。

こぼんちゃん日記

KOBONCHAN's Diary

「ゆかいなこぼんちゃん運動会編」（2010・10）

秋も深まる中…運動会、10月のお祭り、その他モロモロ…忙しいこの時期…。みなさんもそれぞれ素晴らしい場面、ドラマがあったかと思います。

わが家もお楽しみの年に一度の学校運動会！

わが小学校では、3、4年生による「浜小ソーランとだんじり表現」、5、6年生による「組み体操」が見せ場でありまして…こぼんちゃんはそう！　4年生。全員、各町のはっぴを着て浜小ソーランを踊った後、7町それぞれに分かれて「まとい」「大工方」「綱」「後ろてこ」などの役割をし、鳴り物に合わせ、だんじりが宮入りをする表現をします。

浜小ソーランの間、こぼんちゃんはかなり個性的な踊りでしたが、立ち位置を間違えずなかなかのもの！　し、しかし…ラストの「ソーラン！　ソーラン！」の音とともに、全員が真ん中へ集合してポーズを取るという時、なんと！　こぼんちゃん一人、前へ前へ！（あんたはみんなの見本か！）と次の瞬間、前で一人ポーズを取り、なぜか自身で単独拍手。みんなの「やぁー！」という掛け声とともに、こぼんちゃんは首をすくめ、しめしめ…という感じで太鼓に忍び寄り「そぉれ‼」と自ら掛け声、大太鼓を一発ド～ン！　アハハ…ワタクシも周りも大爆笑！　慌てたのは先生方でこぼんちゃんは抱きかかえられ？捕獲…（あ～おもしろかった）。こぼんちゃんが前へ行っていたのは魂胆があったんですね～（なるほど～、太鼓を叩きたかったんだ…）。

しかし…今までは、徒競走でテープの前で逆走!?　え～っ!?　だったり…、学校の外にある信号が気になり走っている途中に立ち止まり、ついには脱走しそうになったり…、踊りの途中、運動場の杭を必死で抜いていたりと…。毎年、こぼんちゃんよりも、手をつないで走ってくれている子や面倒を見てくれている子を見て感動！　涙…のワタクシ…。

でも今年のこぼんちゃんは一味ちが〜う！

「全員リレー」に出場！　一瞬いなくなる!?　というアクシデントもありましたが、バトンの受け渡しも上々！

そして、雨で一部後日になった徒競走での出来事…。

競争心の全くないこぼんちゃんは、いつもは終始笑顔で楽しそうに走る、注目のランナーだったのに…「ようい！」でなんと、フライング!?（こぼんちゃん、どうしたの？　勝負する気!?）そして、もう一度「ようい、パ〜ン！」

いつもと違うこぼんちゃん!!　ゴール目指して走った！　走った！　ゴールで接戦。2等賞！(3人中)

涙がどんどんあふれて止まらなかったワタクシ…2等賞だったからじゃありません。あんなに必死でゴールに向かって走るこぼんちゃんの成長ぶりに感動でした。横を見ると隣の人も目に涙…

笑いあり感動あり。もちろん、姉の組み体操も素晴らしかった！　運動会ってたのしいわぉ！

その日、わが家に遊びに来てくれたこぼんちゃんのクラスメイト数人に「よし！　今日は運動会の打ち上げするか！　洋食焼きするで！」とみんなで大宴会！

人生いろいろ…子どももいろいろ…こぼんちゃんの周りはいつも笑笑！

「お友達って…」

たくさんのお友達が遊びにくる「敬ちゃんデー！」。家の前は「中古の自転車屋？」。中に入れば「学童？」と思われるくらいの子どもたちが来てくれます。

その日の夜は、こぼんちゃんに、必ずお風呂で「今日、お友達だれが来た？」と聞いてみます。「だれ？」という抽象的な言葉がまだいまいち？　いや全くわからないこぼんちゃんですが、ヒントを与えながら聞くと、「みずきと〜、早河さんと〜、けんたろう、ひでき、セイウチと〜、きりんさんと〜、ぞうと〜、カンガルーと…」と、途中で動物に変わっている…あはっ

「そりゃ、たくさん来たね〜。でも、きりんさんやぞうさんは大きすぎてうちには入らないね〜」とワタクシ。次の週…「今日、誰が来た？」

「みずきと〜、さらちゃんと〜、そらちゃん、さくらちゃんと〜、かばと〜、じんべいざめと〜、ペリカン！」

「そりゃ、大量の水がいるね〜こぼんちゃん」

人生いろいろ…子どももいろいろ…こぼんちゃんは動物ともお友達!!

「5年生の保護者のみなさまへ」

今年も早々と1年が過ぎようとしています。寒くなってきましたが、みなさんお元気でしょうか？　先日の音楽会も5年生のサンバとてもよかったですよね〜。もう一度聞きたいと思いませんでしたか？　やはり

「できる5年生！」です。

運動会の組体操もすばらしかったですが問題は敬介くん…

先生に「頑張らせてください！」とお願いしたものの、ひとつ間違えば怪我をするので少々不安でしたが、当日はお友達に支持してもらいながら、先生がずっとそばから支えるようにしてなんとか頑張れました。（後から写真を見れば、田中先生と濱田先生の必死の姿が…）ハンディのある子も他のお子さんと同じように、何かやり遂げることでぐんと成長すると信じています。

しかし…他の競技でも敬介が脱走しようとすると、誰ともなくパっと手が伸び捕まえてくれたり、手をつないで一緒に競技に参加してくれたりと、いつも周りのお友達に感心させられます。


なんだか、私のおたよりで恒例になってしまった朝の風景…毎朝の面々です。ゆいとくんが足を怪我してしまいました。乗る子も押す子もこれがホントの『車イス体験!!』。

…敬介と歩く時、人と合わせて「一緒に歩く」という練習をします。自閉症の子はなにかと人を意識できず、人と合わすということが大の苦手で超マイペース！　朝、みんなが誘いに来てくれても知らぬ顔してサッサと先に出ていきます。「敬介、みんなと一緒に行く

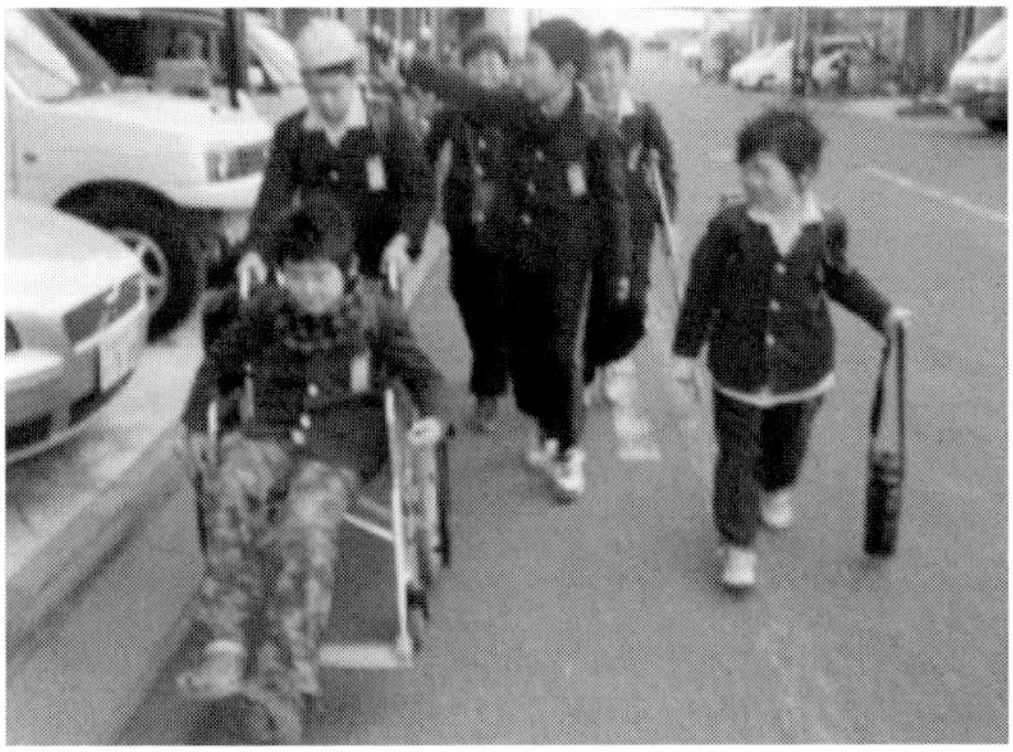

朝の登校風景。車いすをはじめて押す敬介です。

よ！」と毎朝、何度も言い聞かせます。しかし、そこは自閉症の成せるわざ！　振り向きもせずスタスタと歩いていってしまいます。それが5年生の頃からは、声をかけると立ち止まり、お友達を待つ姿もたまに見受けられるようになりました。みんなは敬介の肩を持ち、車を確認しながら一緒に道を渡ってくれたりしています。そして、敬介も毎日誰かの腕を持ち寄りかかりながら歩くのですが、最近でかくなっている敬介くん…寄りかかられた子がよろよろと倒れそう！　「早く、敬介よりおっきくなってな…」と私。

しかし、懲りずに毎朝来てくれます。

そしてつい最近、1組のみずきさんがうれしそうに教えてくれました。「あのな、昨日の帰り敬ちゃんが、『あっ！　健太郎…一緒に帰る…ゆいと帰る…』って言ってたで～」　周りのお友達のことを意識しなかった敬介だったのにすごいです！（でもそれが、敬介の成長だとわかりよろんでくれるお友達はもっとすごい！）

5年生にもなると、だんだん仲良しグループができてきますよね。敬介も仲良しグループができたようでとてもうれしく思います。

そして、聞いているとそろそろみんな「中学校に行ったら、クラブ何に入る？」などと中学校の話をしています。そして「敬ちゃんは何部に入るんかなあ？」と聞いてくれるので、正直に「う～ん、敬ちゃんはクラブよりみんなと同じ中学にいけるかなあ…？」と答えると「なんで？　いやや！　一緒の中学がいい！」と言ってくれます。来年の今頃は進路を決めないといけません。障がい児がいる家庭の大抵は進路で悩み苦しみます。どこへいけば子どもは伸びるんだろう…居心地よく過ごせるんだろう、社会に出るためには何を勉強させたらいいのだろうと。もちろん、症状によって違うと思うのですが、やはり最終的には社会に出ないといけません。電車に乗ったり、お店で買い物をしたりすることも自然に身につかない敬介たちにとっては訓練です。そして、学校を選ばないといけないのは親の試練!?

敬介の日々のこと、言葉をそのまま文にした「こぼんちゃん日記」を少し載せてみたいと思います。自閉の子ってほんとにおもしろいんですよ。

こぼんちゃんとは敬介のことです。

（こぼんちゃん日記  2011・3）

〈おかわり…!?〉

ある日の夕食のこと…この頃、食欲旺盛なこぼんちゃん。この日もご飯を「おかわり」と2度ほど。当然、のどをうるおすためにお茶を何度も「おかわり！」。じっと座って食べていられないワタクシ…そして、お次はトイレへ…。この時はなぜかいつも「おとうさん…」と言って手を引っ張りトイレへ連れていき、用を済ますこぼんちゃん…

（そうよね、男どうし…）

そして、ご飯の続きを…と席に着きしばらくして……主人の手をひっぱり、

「おかわり…」「なんのお・か・わ・り？」

「おかわり…」「おとうさん…」おしっこのおかわり……?? なんとぉ!!

〈おねえ…？〉

中学に行った姉…忙しくてあんまり遊んでもらえずですが、やっぱりおねえ好きです…

ある日の休日の朝のこと…

「こぼんちゃん、出かけるからおしっこしといてね」とワタクシ。

黙ってトイレに入り用をたし、出てきたところを見ると片手に脱いだパンツ!? もちろん、フリ○○。

サッサと洗面所へ…追いかけて行き「ちょっと! ちびったの?」とワタクシ。

「……」

「ちびった?」と何度か訊ねると
「ちびってないのにぃ〜」とこぼんちゃん（最近「〜のにぃ〜」とよく言う。使い方があっている時もある）。

「じゃあ、なんで脱いだ?」と聞き返しながら、すばやく洗濯機の中の脱いだパンツを確認! もうお洗濯が終わっているからっぽの洗濯槽の中にぽつんと1枚…

なんとぉ! 中学1年の姉のパンツ…しかも、派手な色のおねえ柄。

ぷっ! あはっ…アハハハ……込み上げてくる笑い…

そっか、体と共に股間も少々大きくなってきているこぼんちゃん…女子の下着は履き心地悪かったんだね。一晩、違和感?をおぼえながらおねえパンツを履いて寝てたかと思うと、かわいいやらおかしいやら(笑)

(履いている姿を見れなかったのが残念…そして、ちびってなかったです…)

最近よくいなくなります…「どこ行ってた?」と聞くと「ひとりでいった…」と言います。

いつも、私や家族に見えない鎖でつながれているように見張られ、手をつながれているから、きっと一人りで好きなところに行きたいのでしょうね…でも、いなくなるたびに、大騒ぎで地域の人が探してくれたり、見つけてくれたりと助かるやらありがたいやらです。

まだ「どこ?」「いつ?」「だれ?」がわかりません…「だれと遊んだ?」などと聞くと「ヒント!」と言います。

敬介が最近凝っているのは「動物」です。

「敬介、大きくなったら動物園の飼育係さんになる?」「しいくががりさんになる…」

意味は全くわかっていませんが、とりあえず今は、分厚い図鑑を毎日見て、紙いっぱいに「アフリカの動物」「マダガスカルの動物」などと書き、聞いたことのない難しい動物の名前をぶつぶつ言っています。

将来は動物博士!?

ではみなさま楽しいクリスマスを! そしてよいお年を!

運動会のリレーは、毎回、敬介がどのように走るかをクラスのお友達で考えてくれました。ある年は敬介が走る距離の半分を誰かが走ってくれたり、ある年は手をつないで一緒に走ってくれたりと、競争という意味がわかっていないであろう敬介は、ただ走るだけ……という感じだったと思いますが、毎回、応援と歓声が湧きました。もちろん、敬介と手をつなぎ走った子にも拍手喝采です。

それから、敬介を一人で外に出せないわけは……

興味のあるものを見つけると、知らない人のお宅にでも入っていってしまう恐れがあることや、お金を持たずにお店に入り、何か買おうとすることなどです。名前や住所を聞かれたり、何か質問されても答えることができないことなどを想定し、彼がいなくなると家族みんなが青ざめることに……遠足に持っていく決められた金額のおやつは、いつもクラスのお友達が誘いにきて一緒に行ってくれました。

「6年生の保護者のみなさまへ」

6年間、早かったですね～！　もう卒業かと思えばとっても寂しいです…

そう思っているのはみなさんも同じでは？　そして、こうしてみなさんにおたよりを書くのも最後となってしまいました。

入学の時から私のつぶやきを聞いてくれ、敬介と私たち家族をこの6年間応援してくれたおかげで何の心配やわずらいもなく、居心地良く過ごすことができたことを心より感謝申し上げます。おかげさまで敬介も大きく成長して、浜小学校を卒業することができます。この学年の子どもたち、そして保護者のみなさんと出会えてよかった！

〈中学校、どうするの？〉

本当にたくさんの方、子どもたちが敬介のこれからの進路を気にしてくださり、「敬ちゃん、中学どうするの？」と聞いてくれました。

当然、みんなと同じ中学へと最初は思っていましたが、地域の中学校、支援学校共に見学やお話を伺いに行ったところ、やはり敬介の行くべきところは支援学校かなと判断し、この春より大阪府立佐野支援学校へ

運動会の後の洋食焼パーティー

みんなでかんぱ〜い！

入学します。佐野支援学校は、窓から見える景色も緑が多くのどかなところで、時間もゆっくりと流れているような、なかなかいいところです。そして、いわば専門学校のようなところで、その子のレベルに合わせ、いろいろな学習を取り入れていて、敬介が好きそうな野菜を育てるような時間もあったり、プールがあったりで…何より気にいったのは、若い先生が多く？　活気があったことです。

しかし、決めてからも（やっぱりみんなと一緒に…）というあきらめきれない気持ちが今でもあります。でもこれから先、敬介は一人でも生きていける生活力をつけなければいけません。

そのためにはやはり1日、1時間の授業でも無駄にできないというのが親の選択の理由でした。みんなとは別々の学校になりますが、近くにいるのでいつでも会いに来てくれることを心待ちにしています！

〈浜小での6年間〉

本当にいろいろとあり…

先生方、地域の方には大変お世話になりました。

みんなと同じ教室で過ごした6年間を敬介はどう思っているのかはまるでわからないけど、これから先できっと大きな力になると信じています。そして、私自身もこれまでの浜小学校でのたくさんの出来事を大切にしまっておき、また行き詰まったときなどには、思い出し励みにしたいと思っています。

地域のみなさんに教えられたこと。「みんないっしょ…」

「うちの子も敬ちゃんもみんないっしょやで」

私は最初、敬介のことをみんなとは違う手のかかる世話のいる子と思って（そのとおりなんですが…）、私自身がわが子を特別扱いし、遠慮したり感謝の押し売りをしていたように思います。でも、「敬ちゃんもうちの子もみんないっしょやで！」と言ってくれる方ばかりで、子どもたちに任そう！　地域の人たちに頼ろう！　と思えるようになりました。私の成長かな…

小学校に入るまでは、敬介の将来のことが心配で自分自身も不安で泣くこともしばしば…そして、自閉症という障がいのこと息子のことを、よく理解できるように勉強したり誰かに話をすることで、自分を保っていたような日々もありました。

しかし、周りの人にいろいろなことで助けられ今はもう泣くことがなくなり、そのかわり百倍笑えるようになりました。

仲間…「敬ちゃん見てたらおもろいわ！　自然と笑えるねん！」

毎朝、誘いに来てくれる大北町のイケメンボーイズたちも大きくなりました。

小さなかたまりだったのに、今では大きくなったかたまりがゆらゆらと揺れながら、道を行きます。

車が来ないか確かめ、敬介の腕やランドセルを持ち、一緒に渡ってくれるのは6年生になった今でも変わりません。来てくれない日は1日もありませんでした。そのうち、敬介は一番背も高くなり、ガリバーのような大男になっていました。しかし、友達を頼り、腕やランドセルを持ったりして通う毎日。頼られた子はよろけながらも、いやがらずしっかりガード！　もうこの光景が見ることができないと思うと本当にさみしい限りです。毎朝ありがとう！

子どもたちは、敬介のこだわった行動なども、「変な子」ではなくて、「敬ちゃんらしい！」「おもしろい」ととらえ、敬介を見ては笑みを浮かべることも多かったようです。


「お母さんが、『あんたは敬ちゃんのおかげで優しい気持ちになれてるんやで』って家でいつも言ってる。敬ちゃんは私の神様や」


本当にそうだったら、こんなにうれしいことはないです。せっかくこの世に生まれてきたのですから、何かの、誰かのお役に立てるならもうけもの！

1年生の頃からずっと敬介に寄り添い、見守ってくれていたお友達がいました。一人でもうちに来てくれ、学校での出来事、敬介が何かできたことを一緒によろこんでくれ、大切に思ってくれているんだととてもうれしく思いました。そして、そのお友達のおかげで、最後には敬介を中心とする仲間ができていました。

「この子はずっと友達もいないまま、こうして一人でいるんやろうか…」と涙が出た1年生の頃からは想像もつかないことでした。

「ともだち来るかな…」「ともだち来るよ」。みんなが帰る時には「また来いよ！」と言ってみんなを笑わせたり…そんな力を引き出してくれる子どもたちの力ってすごいです。そして私も週に一度の「敬ちゃんデー」で学校での出来事、恋話♡などを、おやつを食べながら、みんなとお話しするのがとても楽しみでした。おかげで学校での様子もよくわかりました。

敬介と同じような子がいる親に「え〜！　家に遊びに来てくれるの？」といつもうらやましがられます。なぜなら、ハンディのある子どもたちの放課後は一人で過ごすことが多く、親の悩みの種になることもしばしば…。でも、敬介はありがたいことにお友達と一緒によそのお家へお邪魔させてもらうこともたまにあり…

「ごめ〜ん、明日行くと思うからたのんどきます」

「いつでも来て〜　楽しみにしてるよ！」

よそのお家へ行くというのも彼にとっては新鮮で勉強の一つ。迷惑をかけてはいないかと心配でしたが、とてもうれしかったです。

お友達と待ち合わせ、自転車でみんなと一緒に行く姿を見てまた涙が出たり…

「たのんどくで。一緒に行ったってな」

「大丈夫やで！　任せといて！」

これもみんなに任せておこう！

そして…この学年の子どもたちはどうも、敬介がどこかに行こうとするとパッと手が出て引き戻すという条件反射？が身についてしまったようです。だれが…ではなく、敬介の近くにいるだれもがそうしてくれていたようです。

みんなと同じ行動ができなかった彼が、いつの間にかあまり目立たなくなって、みんなの輪の中に入れたことも、こういったことのくり返しがあったからだと思います。

「もし…」

もし、この子に障がいがなかったら…みんなと同じ障がいのない脳で産まれていたら…だんじり、みんなと曳いたかな…何かスポーツやってたかな…と浜公園で、サッカーやソフトボールをしている子どもたちや観戦をしている親たちを横目で見ながら、すごくうらやましくて悲観的になっていた時期もありました。でも…「障がいがなかったら…」そう考えるのはやめにして、このままの敬介で…といつしか思えるようになりました。

今までみなさんにおたよりを書き続けたのは、敬介のこと、自閉症のこと、そして、ハンディのある子の親の気持ちを知ってもらいたいということもありました。

多動で、話しかけても返事もできず、自他の区別もつかずで、社会性がなかなか身につかない敬介たち…でも、浜地域の人、子どもたちの中にいるととても安心ができ、自由に敬介を遊ばせることができました。

そんな浜校区では子どもたちが偏見ももたずに自然に、敬介やひまわり学級の子たちと日々関わっているようです。それは保護者のみなさんが日頃から、家で子どもといろいろな会話をしたり「みんないっしょなんやで」といった思いや姿勢が自然な形で伝わっているんだなと、親の力をひしひしと感じた6年間でありました。みなさんにすれば、当たり前のことだとお思いになるでしょうが、私にすればとてもありがたいこと…

本当にありがとう…そして、これからもまだまだよろしくお願いします！

こぼんちゃん日記

KOBONCHAN's Diary

「修学旅行に行って来たよ！」（2012・12）

10月12日、13日と、こぼんちゃんは無事にみんなと一緒に修学旅行に行って参りました！　行き先は、「伊勢志摩　スペイン村」。

こぼんちゃんは、期待を裏切りフツーだったようで…乗り物もお友達と一緒に乗ってご満悦のようでした。そして、しおりの買い物メモには…

・あかふくもち　　・らむね　　・みたらしだんご　　・れいとうみかん

と書いてありました。れいとうみかん？　買い食いもしたようです…

お土産や乗り物は、事前にクラスの子がメールで確かめてくれ助かりました。

そして、写真には一人だけランニングシャツ1枚で、夕食を食べている昭和な感じのこぼんちゃんが写っていました。

人生いろいろ…子どももいろいろ…こぼんちゃんは、昭和な男子！

それから、敬介と一緒に浜小学校を卒業する6年生のみんなにも、お手紙を渡しました。

「6年生のみんなへ」

卒業おめでとう！　そして、6年間、敬ちゃんのことを応援してくれてありがとう。敬ちゃんはみんなと出逢えて、みんなと同じ教室で勉強ができて本当によかった！

敬ちゃんが、会話が苦手でもみんながいつもそばにいてくれたから、敬ちゃんママは、心配もせずに安心して毎日を過ごせました。それから、みんなは、敬ちゃんのようにお話が苦手なお友達の専門家になれたはず。もしこれから先、そういうお友達に出会った時には、温かく接してくれると信じています。そして、敬ちゃんのいい所をいっぱい見つけてくれて思いやりをもってくれたことを、中学校の新しいお友達にも活かしてほしいと思います。

敬ちゃんも本当は、みんなと同じ中学校に行きたかっただろうし、行ってほしかったのですが残念ながらみんなとは別の中校へ行きます。そこは、敬ちゃんが、これから先、一人でもしっかりと生活ができる大人になれるように勉強するところです。学校にはプールや畑があり、緑も多く、のどかないい所で、なかなか楽しそうです。敬ちゃんもきっと頑張るから、みんなも将来の夢に向かって、自分らしさを見つけられるように、どんなことも懸命に頑張ってほしいです。

それから、もしつらいことがあったり、自分のことがいやになってしまうようなことがあれば、敬ちゃんに会いに来てください。きっと元気が出るよ（笑）というか、いつでも遊びに来て敬ちゃんママとお話してください。待っています。そして、8年後、二十歳の成人式で会いましょう。敬ちゃんを連れていくから。それまで、みんなの成長ぶりを楽しみにしています。6年間、たくさんの思い出をありがとう。みんなそれそれに素晴らしい出逢いがありますように…一人ひとりが輝けますように…

敬ちゃんママより

とうとう、みんなとお別れの日がやってきて、私自身やりとげた感もありながら、慣れ親しんだ小学校、そして敬介の同級生たちとのお別れはとても寂しいものでした。

でも、これから先の不安はありませんでした。

それから、たくさんのお友達、保護者の方が敬介の進路を心配してくれました。みんなと一緒に地域の中学校へとみなさん言ってくれ、うれしい限りでしたが、支援学校の方が、敬介のレベルに合っていて、彼が学ぶべき項目が満載だったため支援学校に決めました。

敬介にどちらも見学、体験をしてもらって彼自身にも聞いてみましたが、希望がないというより返事はなく、理解はできていないようでしたので、親の私たちが決めざるを得ませんでした。

「敬ちゃんデー」は卒業まで続きました。

それから、この6年の間に、春には、仲良しグループのみんなで自転車に乗って、少し遠くの海のある公園にお弁当を持って遊びに行ったり、電車に乗って動物のいる遊園地へ出かけたり、夜に花火をしたり、だんじり会館に行って太鼓をたたいたり、卒業遠足として関西サイクルスポーツセンターにも出かけました。お母さんたちも参加してくれ、私にとっても忘れることのできない素敵な楽しい思い出がいっぱいできました。

「二色の浜編～」（2011・4）

まだ肌寒い春休みのこと…

（春休み、特にどこも行ってないし…自転車で遠出してみよう！）と思い立ち、こぼんちゃん、お姉ちゃん、ワタクシの3人で、二色の浜までサイクリング♪♪

臨海線の横の散歩道をず～っといくと、いくつも小さい公園があって今にも咲きそうな桜の花道をくぐりながら自転車を走らせるのは気分爽快！　そう…こぼんちゃんが普通に自転車をこいでくれたら！

あちらの脇にバン！　こちらの草むらに突進！　「もう！　こぼんちゃん！」と何十回と言いながらやっとカニ公園まで到着。一番奥の海側にある広い道を今度は猛スピードで走行！

そして、二色の浜の海が見えると3人とも「テンションあがるぅ!!」って感じで…

さらに一番奥の公園まで行き少し遊んで「海に行く?」と聞くと「うみ、いきます」とこぼんちゃん。

大好きな水…海…まだ人も少なく海もとってもきれい♡　こぼんちゃんもおとなしく砂で遊んだり…

「服を脱いでもいいですか?」とこぼんちゃん。

「ダメダメ！」とワタクシ…

「ズボンを脱いでもいいですか?」「ダメです！」

「靴下脱いでもいいですか?」

「靴下ならいいよ」と言ったとたん、すばやくズボンとパンツを同時に脱ぎ、「シャツ脱いでもいいですか?」。「ダメだよ！」と言ったのにもかかわらず、すっぽんぽんになったこぼんちゃん。すばやく海に飛び込んだ！

「水を得た魚…」

海から出てきて、濡れたおしりを砂につけわらびもち状態…当然ながら、素裸なのはどこを見ても彼一人…あまりのワイルドな振る舞いに姉と二人で大爆笑！　写真を撮ってパパの携帯に送信。夕方…びちゃびちゃのままの帰路。でも楽しそうだったから行ってよかった♡　帰り道「また今度、にしき浜こうえん、いこうね！」と連呼するこぼんちゃんでした（笑）

それから1週間後…?

毎週、わが家に来てくれているクラスメイトと姉の友達も含め8人と大人2人で同じコースをお弁当を持って出かけました。

こぼんちゃんも、お友達と一緒に自転車を走らせとっても楽しそう♪　他の子どもたちも超ハイテンションで、それを見ているワタクシもいい気分♪　海辺でお弁当を広げ楽しいひととき♡

そして、先週で学習したワタクシはこぼんちゃんのため、さっそく海パンを準備。

貝殻拾いや、海に入ってわかめを採取したり、砂でダムを作ったりとこぼんちゃんだけではなく海でかなりの時間遊んだ子どもたち。行き帰りの道は先週つぼみだった桜が満開に咲いていました。子どもたちのよろこぶ姿はワタクシの好物…
次はどこへいこうかな…（こぼんちゃん、思い出の宝箱…）

人生いろいろ…子どももいろいろ…こぼんちゃんは今日もマイペース！

手紙の効果

私が地域の保護者の方に手紙を配ってから、子どもの発達のことで悩んでいる学年の違うお母さんが相談の電話をくれたり、また手紙を読んでくれたお母さんのお友達で、同じようなお子さんをもった方から連絡があったり「私の姉の子が、敬介君と同じ自閉症で…」と家に訪ねてきてくれたお母さんもいて話が弾み、仲良くなったりもしました。世間では少数とされる育てにくい子どもがいる家庭は、わらをもつかむ気持ちなのだと思います。誰かに聞いてもらいたいしアドバイスもしてほしい…そして、周りの人もそんな身内やお友達を何とか助けてあげたいのだと思います。

私はおしゃべりも好きだけど、文章に書く方が気持ちを伝えられました。それに手紙だと好きな時間に何度も読めるし、知らない人にも読んでもらえる。私の書いた手紙が独り歩きするなんてことは思ってもみなかったのですが、少しでも誰かの励みになってくれたならとてもうれしいことです。

10
事件です！

学校では日々、もちろんのことながら、様々な事件が起こっています。

敬介に関しても……

・雨で中止となったプールの日、先生の目を盗み学校を抜け出しプールに行っていたこと。

・運動場の隅で、穴を掘ってウ◯チをしていたという話。

・臨海学校へ行って、なんの悪びれもなく女風呂に入ろうとしたこと。

・通学路に置いてあったフォークリフトに乗り、エンジンをかけちょっと動かしていたこと。

など多数…。

敬介が巻き起こす事件も多々ある中、他の子どもたちが関わる事件もあります。その大体が、敬介とは学年の違う子どもたちが敬介に関わり、それを目撃したクラスの敬介親衛隊の子たちが、すぐに、先生に報告にいくというパターンでした。同級生は敬介の扱いが十分にわかっているし、多くの子が敬介のことを好きでいてくれました。でも、学年が違うとそこまでいかないのは当然のこと。

そして、敬介に関わった子どもと保護者が、わが家に謝りに来るといったこともありました。話の一連を聞くと最初は、（ムム……）とブルーになりますが、幸いに私は、絵本の読み聞かせで学校に行くことが多く、子どもたちのことは大体はわかっていたので、敬介をいじめるというような気持ちがある子は見当たらなかったし、子どもの目線で見てみると、自分たちとちょっと違う敬介に興味をもち、好奇心がわいて起こったようなことや、遊んでいてエスカレートしたようなことのように思えたので、深刻に考えたことはなく、逆に支援学級に在籍している子に何かをしてしまったわが子のことを情けなく思い、ショックを受けている保護者の方が、気の毒でなりませんでした。

でも、これも子どもたちにとってはお互いにいい経験なのかもと思い、うちに来てもらい、保護者には「もう怒ったらんといてね。これがきっかけで敬介と関わらんとこうと思われる方がいややから。でもいい機会やからハンディのあるお友達にしたらあかんと思うことだけ、親ごさんの口から教えてもらえたらうれしい」と告げ、半泣きで一緒に来た子どもには「おばちゃんは全然怒ってないで。また敬介と一緒に遊んでな」と話します。

私が、日頃の子どもたちのことを知らなかったら……きっと、わが子をかばい被害者意識いっぱいになって悲しんでいたかもしれません。しかし、思い返せば子どもならではの、おもしろい事件ばかりでプッと笑ってしまいます。

そして……敬介が卒業してからのある日のこと……通学路で、うちに親と一緒に謝りにきた子が「敬ちゃんのお母さん、僕、敬ちゃんのこといじめてないで。でも、おとんとおかんにめっちゃ怒られたわあ」と話しかけてきました。私は「そうやったなあ。わかってるよ。でも、ええお父ちゃんとお母ちゃんやで。それとな、あんたのお兄ちゃんは、小さい頃から、敬ちゃんのお友達でずっとそばにいてくれたんやで」と話すと、うれしそうににっこり笑ってうなずき、学校へ向かいました。きっと、この子が大人になった時、親と同じ教えをわが子にするでしょう。

こぼんちゃん日記

KOBONCHAN's Diary

「成長…」（2012・冬号）

春休み…夏休みのたびにどんどん大きくなるわが息子…とうとう、6年生で一番と言われるほど大きくなりました。

そして、6年生になって、仲良くしているチョイ悪サッカー少年たち数人とこぼんちゃん…遠目で見れば「ガリバーとその仲間たち」。

そして…成長は背丈ばかりではなく…ある日…

座っているこぼんちゃんをふと見ると、ズボンの中をのぞき込んでいる様子。そして…
「おかあさん…毛がはえてる…」アハハ……笑いが止まらず、あまりにおもしろいので「もう一回言ってぇ〜」と何度も言わせるワタクシ…そして
「うわぁ‼　どうする？　こぼんちゃん、そんなところに毛がはえて〜‼」と言うと、真顔でワタクシを見て「切る？」と言ったのでまたまた大爆笑！
「切ったらだめだよ‼」

そして、そんなこぼんちゃんの成長ぶりと自分の成長ぶりを比べて気になって仕方がない「その仲間たち…」。学校でこぼんちゃんの下半身をわざわざ、拝見しにいっているということを耳にしたワタクシは、図書室に行った日に…
「あんたたち、こぼんちゃんの下半身が気になって仕方がないんやろう？」と言うと
「お、おばちゃん、こぼんちゃん、ほんまに成長早いでなあ…」と言うので
「悪いけど、こぼんちゃんに勝てるやつはおらんやろ〜」と言うと、仲間たちは笑いながらまたガリバーの元へと去っていきました。（笑）
「いっしょにね‼」の仲間で、浜手と真逆の山手の地域で、自閉症の子どもを育てている阪田久美さんの言葉「障がいのある子も、癒しの友と成長の友が必要！」。そのとおり…

11 絵本の先生!?

敬介が小さい頃、毎日のように身振り手振りをしながら絵本を読みました。動作と言葉を結びつけて言葉を覚えてくれないかと考えたのです。しかし、敬介は覚えるどころか私の動作がおもしろいのか、日に何冊も読んでと言わんばかりに絵本を持ってきました。そのたび私が馬になり、敬介を背中に乗せて這いまわったりなど、ジェスチャーをしながら何度も読みました。

そこでおもしろいことがありました。私が読んでいる間、敬介はよそ見をしたりどこか別の場所に行ってしまったりするので（聞いてないなら、いいや）と思い、絵本のページをとばして読むと、どこからかサッと現れて、絵本のページをペラペラとめくり、とばした分を元に戻し「ここから……」といった感じで、ジェスチャーで絵本をトントンとたたき私に訴えます。それは偶然ではなく何度も同じことがあり、もしかしたら絵本の内容をすべて覚えてる？　ちゃんと聞けているんだ。それならすごいじゃない！　と思いました。

それから……敬介が小学校2年生の頃だったでしょうか……姉の担任の先生から「学校で絵本の読み聞かせをしてみませんか？」とのお話をいただき、週1回、朝読書の時間に、まずは姉のクラスで絵本を読ませてもらうことになりました。

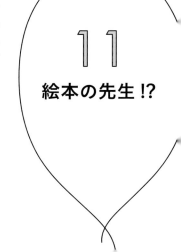

私自身、絵本が大好きなおかげで本選びから楽しくて、毎週学校に足を運んでいるうちに、一人、二人と一緒にしてくれる仲間もできました。それに加え、私には子どもたちが絵本を好きになってくれて、想像力や豊かな気持ちが少しでも育ち、ハンディのある子どもたちにも優しい気持ちで接してくれる子が増えてほしい……という下心がありました。でも、続けているうちに子どもたちが、学校の玄関で私を見つけると「絵本の先生、今日はどこのクラス？」と腕をつかんで、教室まで連れていってくれたり、どこで会っても「絵本の先生〜！」と声をかけてくれ、保護者の方には「いつもありがとうございます」と感謝の言葉を言っていただき、（いやいや、好きで行ってますので……）と思いながらもそんな事態にアイドル気分？　そして、そんな子どもたちにいろいろな絵本を読んであげたいと思ったし、絵本を読んでいる時の子どもたちの見せる表情や反応がとても楽しみでした。

小規模な学校のため、ほとんどの子どもたちのことを知ることができ、何より家でも何も話さない敬介が学校でどのように過ごしているかを見ることができました。運動場での一輪車、ブランコ、図書室……会話は成り立っていないはずなのに、敬介の周りにはいつもお友達がいてくれました。

ちなみに……敬介の好きな絵本は「ペネロペ」シリーズと動物の本です。

シリーズものが好きでインターネットで常に検索し、新物が出るとお誕生のプレゼントなどで要求し、集めてそれらを並べて遊ぶのがうれしいようでした。また、図鑑などを見て、動物の種類などを覚えるのも得意で、何通りもある名前を言えました。そして私自身もどんどん絵本にはまり、今も時間をつくり幼稚園などに絵本を読みに行かせてもらっています。

12 水分不足？の卒業式……？

私たち家族が地域の小学校を選んだ理由は、たまたま、敬介に地域の小学校に通う姉がいたことや、たまたま、小規模な学校だったことと、家族みんなが、地域に入れてみたかったことなどを含め、「たまたま」状況や思いが重なったということもありました。でも、地域の小学校へ行って、敬介の症状が軽くなったとか、伸びたとかは比べようがないのでわかりません。

今悩んでいる保護者の方がいたら、進路はどこに決めてもこっちに決めてよかったと思えるように大いに悩んで決めたらいいと思うし、決めたら（やっぱり違うところの方がよかったのかも……）なんて思わず、つまずいた時はうまくいく方法を考えていけばいいかと思います。私の場合「やらないで後悔するよりやってみる。ダメかなと思ったらすぐにやめて振り出しに戻る」といった七転び八起き方式で、いつもガサガサしている私は120％頑張っているイメージがあるようですが、6年間思いついたまま、気ままにやりたいことをやらせてもらい、最高に充実して楽しかったし、もっと何かできたんじゃないかとやり足りない気すらしていました。そんな私を自由にさせてくれた学校にも感謝です。

そして、とうとう卒業式。6年前の入学式の日のような不安や緊張感はなく、逆に達成感と少しの優越感に浸りながら卒業式に出かけました。

こぼんちゃん日記

KOBONCHAN's Diary

「とうとう卒業…」（2013・3）

3月19日、こぼんちゃんは大好きだった小学校を卒業しました…（泣）
卒業式の当日、練習どおり？　名前を呼ばれてから「はい！」と返事をし、登壇していくこぼんちゃん。
（ちゃんと返事もできて成長したなあ〜。慣れ親しんだこの場所にはもういられないのか…）という寂しさや、よくぞここまで…病むこともなく、こんな学年一の大男にまで成長してくれたなというれしさが込み上げました。（こぼんちゃんの思いは、全くわかりませんが…）
そして、校長先生からしっかりと卒業証書を受け取り、みんなの前で将来の夢を話すこぼんちゃん。
高音で『ぼくは〜、動物が好きなので、動物園の飼育係さんになりたいで〜す』
これも、こぼんちゃんへの「将来の夢」や「大きくなったら…」などの質問は難し過ぎるので、事前に先生と打ち合わせ決めたこと…。終始あくびや大きなのびをし、指まで吸ったりして、緊張感など全く見受けられず、周りの子に正されながらも卒業式は進んでいきました。

こぼんちゃんの学年は、47人中、支援学級に通う子が3人。

校長先生のあいさつの中でのお言葉…

「この学年は1年生の時から、大きなハンディがあるお友達が入ってきました。しかし、そんなお友達ともみんなが仲良く過ごせました。でも、そのお友達のおかげでみんなが優しくなれたよね。実は先生も疲れた日は必ず、ひまわりさんへ行って癒されて、元気をもらい、次の日からは頑張れました。邪気のない彼らと一緒にいてみんなもそうだったと思います」

ここでまた、涙がひとしずくもふたしずくも出て…

終盤、子どもたちが歌を歌いながらすすり泣き、先生、親も胸いっぱいな感じで、涙も自然とあふれました。そんな空気の中、終始、緊張感のないこぼんちゃんでしたが、隣で仲良しの女の子が泣いているのをのぞき込み、涙をふいてやってるではありませんか！　それを見て、周りのお母さんたちと「こぼんちゃんが～」と言ってまたナミナミの涙…卒業式って、もの悲しいけどやっぱり感動！

そして、お決まりの…校門でのみんなとの記念撮影。こぼんちゃんはここでも大人気（嬉）でも、おやおや…よく見ると、こぼんちゃんが静かに泣いていました…（みんなとのお別れがわかってるの⁉）

みんなと同じ地域の中学へ行かないこぼんちゃんにみんなが色紙を書いてくれました。

『大、大、大好き‼』『中学校へ行ってもずっと友達やで！』

『俺にとって大事な存在』『また会いにいくから！』

『おじいちゃんになって、星になっても、生まれ変わってこぼんちゃんに会いに行きます。』

ありきたりの言葉なんて一つもない、みんなからのメッセージを見てまた涙…

目から、いっぱい水分が出たせいか？　のどがカラカラになるワタクシ…

そして、その後の謝恩会、仲良し母の会にて、今度はしゃべりまくり、いくら水分を補給しても「のどカラカラ状態」の母でした。

そして、卒業式の前の日に、今までみんながこぼんちゃんに寄り添ってくれたから、安心できたことのお礼などを書き綴った手紙を、同じ学年のお友達全員に渡してもらい、保護者の方には、今まで応援してくれたこと、支援学校を選んだ理由、そして、どんなお友達にも偏見をもたないようにと、わが子を育ててくれたことへの感謝の気持ちなどを書いた手紙を渡しました。

何だか、ワタクシが小学校卒業のよう…

でも、これも区切りです。次へのステップ！


こぼんちゃんは次の日、いつもより少し遅めのお目覚め。

「あっ！　もうこんなじかん！　いそがなくちゃ！」と慌てふためき、ベッドから、飛び起きていました。

「こぼんちゃん、もう学校へは行かないよ。４月からは中学生です！」

「ちゅうがくせい??」

さてさて、次なる新たなステージへ……どうなることやら…

卒業式が終わって春休み…すぐの週末「こぼんちゃ〜ん！」と今までと変わりなく、仲間たちが家にゾロゾロと遊びに来ました。

その帰り「来週は俺の家やでぇ〜」

あと少し、こぼんちゃんも小学生気分で仲間と一緒に過ごせそうです。

そして、この4月からもどんなゆかいな仲間たちと出会えるかも楽しみです。


人生いろいろ…子どももいろいろ…こぼんちゃんはパワースポット!?


入学前に、いろいろな思いを込めてのひわまり学級のピカピカ大作戦！ 思いが通じたのか、敬介が1年生の頃から6年生のやんちゃな子どもたちが「敬ちゃんいてる？」と教室をのぞいてくれたり、いろいろな学年の子どもたちが、休憩時間に遊びに来てくれていたようです。

それから……子どもたちが「今日、敬ちゃん、先生に怒られてたで〜」と先生方は、敬介を特別扱いすることなく教育してくれ、障がいのことについても学習してくれました。そのおかげで、敬介は自然にクラスに溶け込んでいたと思います。

学校と家での毎日のことを書いた担任の先生、ひまわり学級の先生との交換日記のような連絡帳は、6年間で何冊にもなりました。連絡帳には、敬介と同じような子を将来受けもつことになった時に、少しでもお役に立てばいいなという思いから、敬介の行動、症状、対処法はもちろん、母としての思いや本音、家族の思いなども、織り交ぜながら、いろいろと書き綴りました。先生方も、忙しい中、連絡帳いっぱいにその日にあったことや感じたことなどを、事細かく書いてくださったので学校での様子もよくわかりました。

最初の印象で学校に馴染めるかどうかという肝心要の1年生の担任は、敬介や支援学級に在籍する子どもたちのことを、懸命に保護者の方に伝えようとしてくれ、クラスに馴染むよういろいろな工夫をしてくれた塩崎知美先生。敬介がひまわり学級へ移動する時は、クラス全員で「敬ちゃん、いってらっしゃい!」と呼びかけてくれていました。それから、自由におおらかな気持ちで接してくれ、感情豊かでとっても楽しい薮田千鶴先生。お兄さんのように楽しく一緒に遊び、時には厳しくしてくれた、若くて活発な濱田樹哉先生。敬介のことも何かあると取り上げて、クラスで発表してくれました。そして、最後を締めくくる6年生は、冷静にゆるぎなく、多様なことを伸ばしてくれ、中学校への力をつけてくださったベテランの片岡永子先生。この6年間は、健康体の敬介には介助員はつかなかったので、担任の先生方はみんな大変だったと思います。

その先生方に「先生、この本読んでいただけますか?」などと、押しつけがましく、付箋だらけにした本を持っていったり、「先生、みんなと一緒にできるようにお願いします」「できるだけ、頑張らせてください」と運動会や音楽会のたびにお願いしていた私……毎度の私のハードルの高い注文を受けてくださり、いろいろな意味で先生方もご苦労されたかと思うと、感謝の気持ちしかありません。先生方に「敬介くんがこの学校に来て、教師も子どもたちもたくさんのことを学びました」とおっしゃっていただき感無量

仲良しグループのみんなで行った

二色の浜公園

……。

それから、ひまわり学級のことも忘れてはなりません。6年間、算数と国語は、ひまわり学級での学習でしたが、敬介にとっては、自分のレベルに合った授業で、教室には、好きな教材や興味深いものがたくさんあって、きっとホッと安心できる場所だったに違いありません。敬介が1年生の時のひまわり学級は、みんなで5人でした。その後、6年間で、延べ8人のお友達がいました。

夜に親たち、きょうだいたちもみんなで学校に集まり、「ひまわり新聞」を作ったり、夏には、先生が企画してくれて花火をしたり、保護者同士、情報を交換して連携を取り、悩みを打ち明け励ましあってきました。

ひまわり学級の子ども、そして親たちは、体のこと、心…症状が違っても、それぞれがやっぱり大変です。そして、ひまわり学級の先生、介助の先生方にも大変お世話になりました。

浜小学校に招いてくれ、子どもたちのこと、浜校区のことが大好きで、おもしろい発想をして子どもたちにいつも人気だった古谷武彦先生。いつも笑顔で、繊細で音楽を通じて、子どもたちと楽しく接してくれた田中寛治先生。

遠足や、見学などへ出かける時には、いつもひまわり学級の子どもたちと、行動を共にしてくれ、孫のようにおんぶや抱っこをしてくれていた本田武志先生と、のりちゃんこと岡橋則夫先生。子どもたちのことをいつも観察し、親身に考え、話していてもとてもユニークな松本徳子先生は、敬介の学校でのことをいつも私におもしろおかしく話してくれ、その様子をスケッチしてくれていました。それから「敬ちゃんに会うと、自分の中のドロドロしたものがスーッと消えていくんです」と言って、敬介にいつも感謝してくださり、ずっと見守ってくれていた森寿美子先生。ひまわり学級のみんながよろこぶようなメニューを考え、親も交えたクッキングを開催してくださった栄養指導の藤沢いづみ先生。図書室では、子どもたちにいつも本を読み聞かせ、敬介の好きな本もわかってくれていて、ご自身も自閉症のお子さんをおもちで、私の絶大なる相談役、図書コーディネーターの森川雅子先生、姉の担任で、姉のクラスに敬介をいさせてくれ、姉のこともしっかりとフォローしてくれた桂久恵先生がいました。

どの先生も、ひまわり学級の子がクラスの輪に入れるように考え、運動会なども敬介がみんなとリレーのバトンをつなげるようになど、いろいろな場面で工夫をしてくれました。おそらく、先生方がハンディのある子どもたちを特別扱いすることなく、支援するところはしっかりとしてくれていたことが、他の子どもたちのお手本になっていたのだと思います。

そして、入学前からのおつきあいで、息子の敬介より、私の恩師になった渡瀬克美先生。子どもたちからは「ゴリ先」と言われ親しまれていました。ゴリラに似ているからではなく「ご立派な先生」ということらしいです（笑）。学校に行くといつも「小亀さん、おいでよ」と校長室に招いてお茶をいれてくれ、いろいろなお話しをしてくださいました。私自身も「先生、聞いて！」と校長室に駆け込んだ日もあり、そんな時はいつも助言をしてくれ、そのたびに私は気持ちを平常に戻すことができました。入学して間もない頃も「お母ちゃん、毎日、ほんまに大変やと思うわ。学校では、任せといてや」と声をかけてくれ、ホッと心が和んだこともありました。

敬介たちが苦手なことができた時は、どの先生も心からとてもよろこんでくれました。そういった成長を願ってくれる周りの人たちの気持ちも、敬介が成長した重要な要因だと思っています。

それから……勉強は二の次（間違っていたらごめんなさい）。でも、地域を大切にし、大人も子どもも古きよき昭和のにおいがプンプンする岸和田の浜校区で、先生や地域の人たちとともに、子どものことで泣いたり笑ったり、時には悩んだりしたことが私自身の糧となり、敬介のこれからのステージでもきっと活かせると信じています。

そして、この「自閉症」という障がいの枠を外せば、スーパーＫＹ（空気が読めない？）でユニークな息子のおかげで、息子の成長をよろこび、見守ってくれた恩師がたくさんでき、地域のみなさん、子どもたちに心より感謝をすることができました。

「ゴリ先」いや渡瀬先生に、当時の様子などを書いていただきました。

コラム

待ってたよ、敬介さん

渡瀬　克美

小亀家はみんな明るくて笑顔であふれています。この明るさの中心は敬介さんのお母さん、文子さんです。どんな時も前向きで決して逃げない。「肝っ玉母ちゃん」と言っていいでしょう。そんな小亀家に、私たちの浜小学校は支えられ、多くのことを学ばせていただきました。

1 「待ってたよ」が発端

教育は信頼で成り立ち、信頼は笑顔で表されます。ですから先生が大声で怒鳴る教室では、面従腹背はあっても信頼関係は築けません。浜小学校はだんじりの町・岸和田市の北西端、大阪湾に面した漁師町にある全校児童２３６人(28年度4月)の学校です。敬介さんが入学してきた年、私は教頭として、他の教職員と一緒に本物の「笑顔あふれる」学校づくりを目指していました。

彼の他にもう一人、重い障がいのあるお子さんが入学予定で、私たちは二人の家庭や小羊園、浜保育所に足を運び、どうすれば二人を「みんなでウェルカム」することができるのか、知恵を絞りました。その結果、クラス編成会議では皆が二人の担任を希望するまでになり、入学式の日には校門の傍らで先生たちが「待ってたよ！　敬介さん！」と呼びかけました。

その言葉が子育てに大きな不安を抱えていた自分を勇気づけ、この学校を信じて一緒に頑張ろうという気になった、と後で文子さんにうかがった時、私がどれほどうれしかったか、読者の皆さんはおわかりだと思います。入学後、何度もお話しする中で、文子さんは不安に押しつぶされそうになっていた昔を思い出し、一度だけ涙を流されたことがありますが、その時を除けばずっと笑顔でした。他の保護者にも自分の思いを語りかけ、「不平・不満を言う前に学校を信用しようよ」と私たちを応援してくださいました。

❷まず「読み聞かせ」から

敬介さんが入学して間もなく、子どもたちは「朝の読書の時間」（心を落ち着かせるための手立ての一つ）に文子さんが来るのを楽しみにするようになりました。「先生、敬ちゃんのお母さん上手に読んでくれるで、話も楽しいで」とよろこびの声が上がり、多くの子どもと深い信頼で結ばれていきます。私たちは、文子さんにお願いし、職員朝会で校内の安全チェックが手薄になる時間、「学校安全見守り隊」の方々と一緒に各学級を巡回してもらうことにしました。

❸お父さんはPTA会長に、お母さんは岸和田市PTA協議会会長に

ご両親で大役を引き受け、まるで学校の応援団長のように保護者と学校をつないでくださいました。もちろん校区特有の「人の温かさ」がベースではありますが、やはり子どものために何ができるのか、自問自答された結果なのでしょう。市協議会会長をしていただく時に、校長であった私は「市の代表となることは、必ず敬ちゃんのためになります。障がいのある子のことを多くの保護者に理解してもらうためにも、すべての方が住みやすい世の中を作るためにも、引き受けられてはどうですか」と申し上げました。そして、お二人の生き方が周りの保護者にも大きな影響を与えました。

❹クラスの子どもたちが得たもの

このことは、卒業式の式辞でも述べさせていただきました。彼ら（支援学級在籍児童）がいるおかげで、人が困った時は助けるべきこと、ハンデのある人には優しくすること、必要以上の助けはいらないこと等を学び、お互いが一緒にいること

が当たり前の関係が築かれていったのです。

私も疲れた時には「ひまわり（支援学級）」に行きました。邪気のない彼らが心を癒してくれ、「また頑張ろう！」という気になるのです。子どもたちは、ハンデの有無にかかわらずお互いを支え合う素晴らしい仲間に育ちました。一般的に「人に迷惑をかけるな」と言いますが、生きる上で手助けを必要とすることは誰の迷惑になることでもありません。そのことを、私も含めて教職員・子ども、そして多くの保護者が学んだと考えています。

5 敬介さんこそ「世の光」

近江学園の創始者で、知的障がい児の教育に生涯を捧げた糸賀一雄さんの著書に『この子らを世の光に』（NHK出版、2003）があります。「この子らに世の光を」なら誰でも思いつきますが、これをひっくり返して障がい児こそが「世の光」と言い切ったところが彼のすごさです。

小亀家の皆さんの今に至るまでのご労苦は、筆舌に尽くせないものだったはずです。でも、敬介さんがいたからこそご家族がたくさんのことを学び、人間的にも豊かになり、子育てを楽しめるようになりました。社会の格差が広がり、優勝劣敗のゆがんだ価値観が大手を振ってまかり通る今だからこそ、私たちはそのことの意味を忘れてはならないと思います。

（元岸和田市立浜小学校校長）

13
こんなとこ行ってきたよ！

こぼんちゃん日記

KOBONCHAN's Diary

「わが家のゆかいな自閉症児夏休み　沖縄編」（2010・8）

みなさん、こんにちは！　エンジンフードでたまごが焼けるほど〜♪と〜ってもホットな夏！　そして、親にとっては恐怖の〜子どもにとってはとってもうれしい夏休み！　みなさんはいかがお過ごしでしたか？

わが家では毎年飽きもせず、白浜へ出かけていたので…

今年も「海と動物園にいきます！」とこぼんちゃん。でもね、こぼんちゃん「ことしは飛行機に乗って海にいきま〜す‼」

なんとぉ！　沖縄2泊3日の旅♪　ばぁば付き！

…さてさて1日目は
まずは…生まれて初めての飛行機！　こぼんちゃん自身よりも、こぼんちゃんのことが心配でドキドキのワタクシ…

関空へ到着！　荷物を預ける時、こぼんちゃんグッズの入った機内持ち込み用かばんも預けたい！と態度で表し、寝転がり、小パニック。でも係の女性が察知してくれ、「困ったことがあれば、言ってくださいね」ととても親切。心丈夫、ひと安心。機内では大きな声で何やら同じフレーズを言っていたくらいで、すんなりクリア。

水ものが大好きなこぼんちゃん…青い海を見せてあげたくて、沖縄にと旅費を張り込んだワタクシとパパ…朝起きると「海へ行って水族館に行きます！」とこぼんちゃん。でも、1日目はみんなでレンタカーに乗り込み、「ビオスの丘」という所で湖畔を湖水観賞船でクルーズ。車イスでの乗船もできます。その後、水牛車に乗ったりやぎにえさをあげたりと、こぼんちゃんはゆったりと時間を過ごしホテルに向かいました。

（沖縄とうちゃ〜く！…）

次の日、海の予定だったのに天気予報は雨。当日はやっぱり雨。「海に行きます！」とこぼんちゃん。「海は雨降ってるからバツ」とワタクシ。しかし負けじと「雨降っても海行きます」とこぼんちゃん。ワタクシの心も雨模様…

何度も同じ会話をくり返しているうちにナント！　晴れ間が☀

今のうち！　と着替えを済ませビーチへ。こぼんちゃんも意気揚々！「やっぱり海がスキ♡」といった感じで遊んでいました。そして、午後からは「名護パイナップルパーク」へ。ここはカートに乗ってパイン園を見学です。その後、お待ちかね世界最大級の大水槽「美ら海水族館」へ！

ここはやはりすごかったです。じんべいざめや大きなえいが悠々と泳ぐ様子が大パノラマな感じで見ることができ、見たことのない魚もたくさんいて見ごたえ十分大満足で、こぼんちゃんも興味を示し水槽のガラスに張り付いて見ていました。し、しかし、こぼんちゃん、よその人のカメラのアングルに入ってピースするのはやめましょう✖

その夜…そろそろ家が恋しくなってきたのか…

「飛行機に乗って家に帰ります…」「明日帰ろうね…」

次の日は海岸沿いをドライブがてら、ゆっくり走り、首里城近くでソーキそばを食べ飛行場へ…

帰りの機内は慣れた様子でパパをまね、イヤホンを耳に雑誌を広げ（見てわかるんかい！）くつろぐこぼんちゃん。（昔、さるがイヤホンをして、音楽を聴いているCMを思い出す）。でも、おなかがすいたのか「やきそばを食べる」とこぼんちゃん。「まだ。待ちます」とワタクシ。そして…

「やきそばを食べる」

「小さい声で！　まだです。飛行機飛んでから」

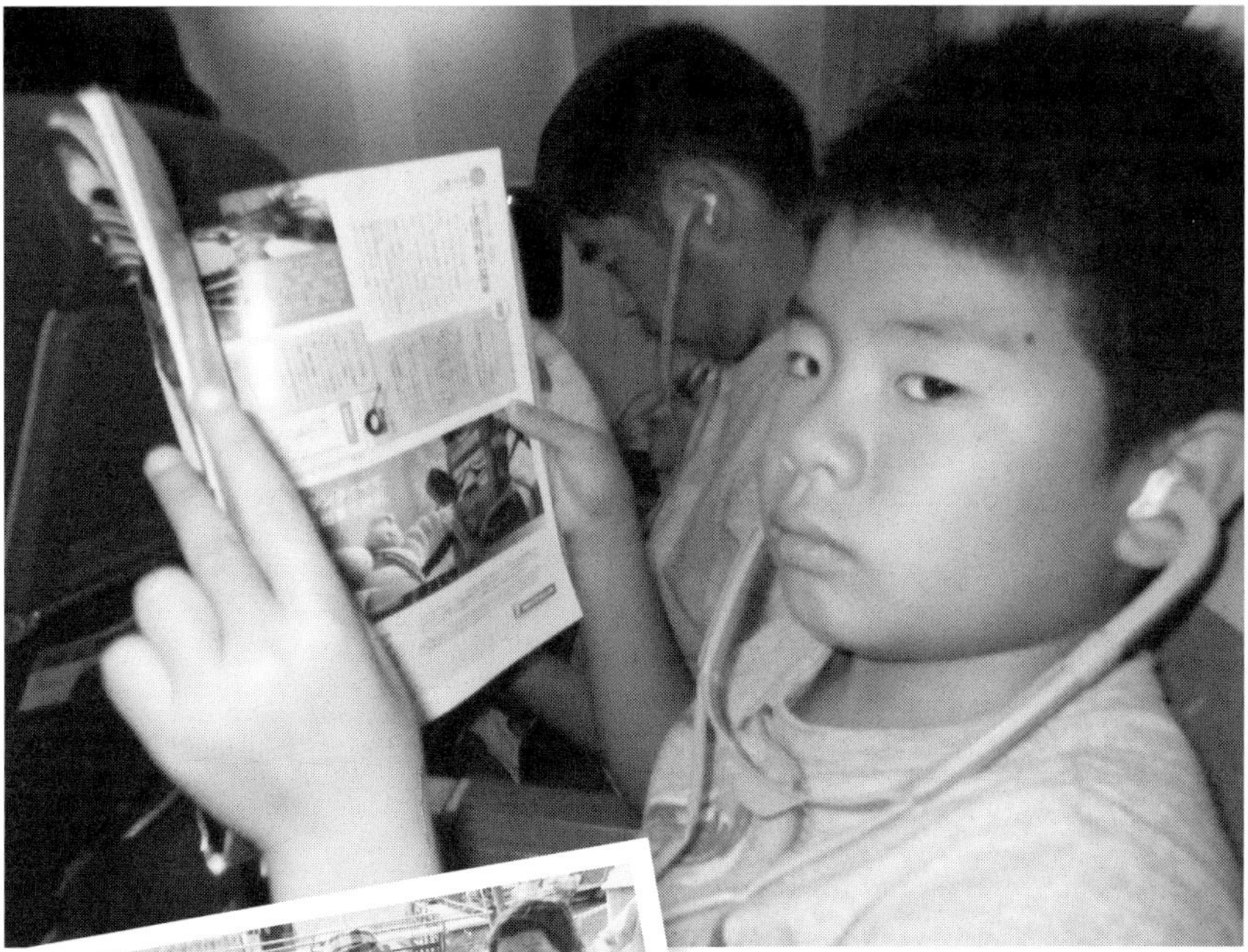

「ひこうき飛ぶぞ！」

「飛んでから…」

「あっ、やきそばを食べた〜い！」

「小さい声で！（というワタクシの声が大きい…）」

「家に帰ってからやきそばを食べます」（よし、あきらめた）

そして、シートベルトのマークが消えると同時にやきそばを出して食べました。

「おいしかったね〜。ごちそうさま〜」とこぼんちゃん。

よくぞ、ここまで我慢ができるようになったね。スゴイスゴイ！と心で拍手。

「ところでこぼんちゃん、お魚いっぱいいたけど、どの魚が好き？」

「…焼き魚」

「違うやん！　水族館行ったやろ？」

「…しゃけ」（なんでやねん！）


人生いろいろ…子どももいろいろ…こぼんちゃんは沖縄でも元気！


いかがでしたでしょうか？　子どもと沖縄へ行ったことのない方、行ってみたいと思いませんでした？　思わない……!?

でも、やっぱり子どもと一緒に「きれいね〜」「楽しいね〜」「おいしかったね〜」などと共感できること、挑戦できることがいっぱいあればいいなと思います。

ハンディがあってもなくても、それぞれの楽しみ方がきっとあるはず。

そして、どのお子さんも、いろいろなことを感じることが多いほどその子の成長につながるんじゃないかと思います。自閉の子の場合も、苦手な抽象的な言葉に関しては、見て言葉と結びつける。このくり返しなのかなと思います。それには、やはり家族の働きかけがとても重要なのかもしれませんね。

こぼんちゃん日記

KOBONCHAN's Diary

「長島スパーランド　海水ジャンボプールに行って来ました!!（日帰り…）」（2011・8）

昨年、沖縄に行ってからというもの「飛行機に乗って、海と水族館へ行きます！」とこぼんちゃん。「あのね…飛行機に乗って…は、お金がたくさんいるからね…ちょっとむり…」とワタクシ…じゃあスライダーがたくさんあるプールに行こう！　と車を走らせました。

こぼんちゃん、最初にアリ地獄のようなスライダー？で落ちると水深2・5mもあるのに挑戦して、ちょっと怖かったのかテンション下がりぎみ。でも4人乗りのボートで滑るスライダーにみんなで乗って気分上々！

「次はどれに行く？」とたずねると「アレ！　アレ！」と指を指すので、「どれ？　言ってください」と言うと「ながしプール！」（そ、それは、「流れるプール」のことか…!?）。確かに上から見ると「流しそうめん」のよう…流れているのは、そうめんではなくて、ワタクシたち…アハハ…想像して愉快になるワタクシ…

「ながしプール！　ながしプールに行きます！」と連呼していました…そして、その「ながしプール」で、手をつないでいるあつあつカップルの真ん中をでんぐり返しをしながら、楽しそうに泳ぐこぼんちゃんでした。


人生いろいろ…子どももいろいろ…こぼんちゃんは夏バテ知らず!?

「映画見てきました！」（2012・4）

（日本列島いきものたちの物語!!）

日本に生息する動物の家族が季節をめぐり、生きていくさまの「日本の著名な写真家たちが撮影した自然ドキュメンタリー」とブログに載っていたとおり、日本列島の美しい映像には感動です。ニホンザル、ヒグマ、ウリボウ、キタキツネ、アザラシやクマノミが登場する、それぞれの親子の物語です。ニホンザルの子どもが母親を亡くし、独りで生きていく姿には涙が出ました。それから、自立させるために子どもを突き放すキタキツネやヒグマの親の姿を見て、人間のワタクシも子どもの自立について考えさせられました。動物は子を守るのも、自立させるも本能…素晴らしいです。

…という映画なのですが、本能まるだしのこぼんちゃんにはどう映ったのか??

でもこぼんちゃんは今、動物にとても興味があるようなのでよろこんで鑑賞できるかなと…ナレーションはあるけどストーリー性はあまりなさそうだったので、いつもみたいに何度となくトイレに立たれることもないかな…??　と想定したワタクシ…

いざ、映画館へ！　中へ入ると、なんと、20人いるかいないか…の客数。

もう最終日に近いから？　まあいいや。少ない方がラッキー！

ジュースとポップコーンを買って、席に座るこぼんちゃん…

「ジュースを一気に飲まないよ！」とワタクシ。でも残っていると気になって仕方がない…上映ブザーが鳴って暗くなっても、ズズッ…と音を立てて何度もジュースを飲み、1時間たった頃か、予想どおり「トイレ、トイレ！」と連呼し出すこぼんちゃん。「あともう少し我慢して！」とワタクシ。しかし、スキを見て横の人などいないかのように、かまわず前を通って行ってしまいました…追いかけるワタクシ…

帰ってきて、今度は前の手すりをだんじりの太鼓代わりにトコトントコトン…ふと気がつけば、手すりに大きな足が…その間、「キェ！　キェ！」（ティラノザウルスか？）と声をあげ、その上いつも言っているわけのわからないフレーズをくり返す…もう限界なのか!?　こぼんちゃん…ワタクシにもだんだん汗が…

「もう出よう!」と言うと、「でない」「まだ観るの?」「みる…」

そして…最後の決め手! こぼんちゃんお決まりの…

いや、映画館でまさかの　お・な・ら　♪（音あり臭いなし?）

「あんたのおならは効果音か‼」

「映画館ではおならしません!」「はぁい（笑）」（効果音と思ってる人も…いるはず）

「わが子がS（スーパー）KYなのか? それをわかっていて連れていく母親がKYなのか!?

世間のみなさま…どうかこういうタイプの子どもがいることに慣れてください。そして、優しく叱ってやってください…」子どもの自立に悩む親…

人生いろいろ…子どももいろいろ…こぼんちゃんは将来、音響さん??


自閉症児をもつ親にとって家から一歩外に出てルールだらけの場所は大敵です。

でも、同じ年頃の子どもたちと同じ体験や楽しみを経験させてあげたい、一緒に楽しみたいと思うのも親心。しかし、行ってみるとやはり周りに馴染まないわが子を見て、一緒にいる家族や自分までもかわいそうに思い、行かなきゃよかったと後悔することもありました。でも、いろいろな所へ行ったおかげで、わが子のその時々での特性も見つけることができたし、ルールやマナーも教えることができました。そして、月日が経って同じところへ出かけた時には、成長を見ることもでき、なにより本人がいろいろな経験をして、たくさんのものを見て感じることが大切だと思いました。

そして……小さい頃からあちこちに連れて行ったせいか、今でもどこかへ出かけるのが大好きで、休みの日などは朝から「敬ちゃん、今日はどこ行きますか〜?」と聞いてきます。おまけに「お父さんは?」と聞くので「飲み会」と答えると「敬介も行く!」（それは行けません……）

自閉症児の多くは「待つ」ということが苦手なようです。敬介も小さい頃は、外食に出かけ、自分が食べ終わるとスッと席を立ち帰ろうとします。そのたび姉を「敬介がもたないから早く食べて!」とせかしていました。そして、おなかいっぱいのサインがわからず、こちらが油断すると食べたものをもどしてしまうことが多かったです。じっとできず、座ることすら難しい敬介をファーストフードのお店に連れて行くのさえも大変でした。それでも、懲りずに何度も外食に連れて行き、座ってゆっくり食べるなどのマナーを根気よく教えました。

メニューを見せても選ぶことすらできなかったのですが、ある日から「これにする!」と自分で注文をするようになり、周りを見ながらみんなと同じペースで食事をし、行きたいお店も言えるようになりました。そして、2016年の2月（敬介が15歳）、私たち夫婦の結婚20周年だったので、子どもたちが幼少期の時に行った老舗のレストランに行きました。十数年前と比べると敬介は落ち着いて座り、姉をマネてみんなとペースを合わせ、とてもお行儀よく食事ができていて、そのことが20周年の一番の記念になりました。

経験は成長の種なり!

したのはなんと！　母であるワタクシ…

そして…食べきれなかったカレーをこぼんちゃんに「食べる?」と聞くと「たべる」。

完食し、しばらく経ってスタッフさんとトイレへ…

帰ってきてスタッフさんが「お母さん、こぼんちゃん、トイレで吐きました…」「きれいに便器に吐きました」との報告。

「こぼんちゃん、ゲボしたの?」と聞くと、「胃が大きくなったので、ゲボしました」

(こぼんちゃん、ごめんなさい…)

●イタリアン
（「グラッチェ」ピザ食べ放題）

最近のことです。家から近くのスパゲティとピザのお店へ！

ここで、こぼんちゃんがチョイスするのは毎度「ボロネーゼ」のスパゲティ。

でもみんなの注文したものを「ひとくち、ちょーだいね」と言ってはお味見。

この日、食べ盛りの姉も一役かって食べ放題のピザをどんどん注文。

すると、こぼんちゃんの食べるペースが落ち…「おとうさん、トイレ…」

しばらくして、トイレから帰ってきた2人。パパのひとこと…「吐かれた…」

(アハハ…やはり…)

しかし本人はスッキリな感じで「デザートたべるよ♪」

「もう、やめときなさい!!」


書き出してみると、あらゆるジャンルのお店でゲボしています……

ちなみに「ゲボ」はこぼんちゃんが言い出した言葉です。


このごろの彼のゲボの特徴は、服を汚さずトイレの便器のストライクゾーンにきれいに吐くこと。自慢になれへんわ!!　キーワードは「おとうさん、トイレ……」。最後に……いやな顔をせずにお片づけをしてくれたそれぞれのお店のスタッフさんありがとうございました。

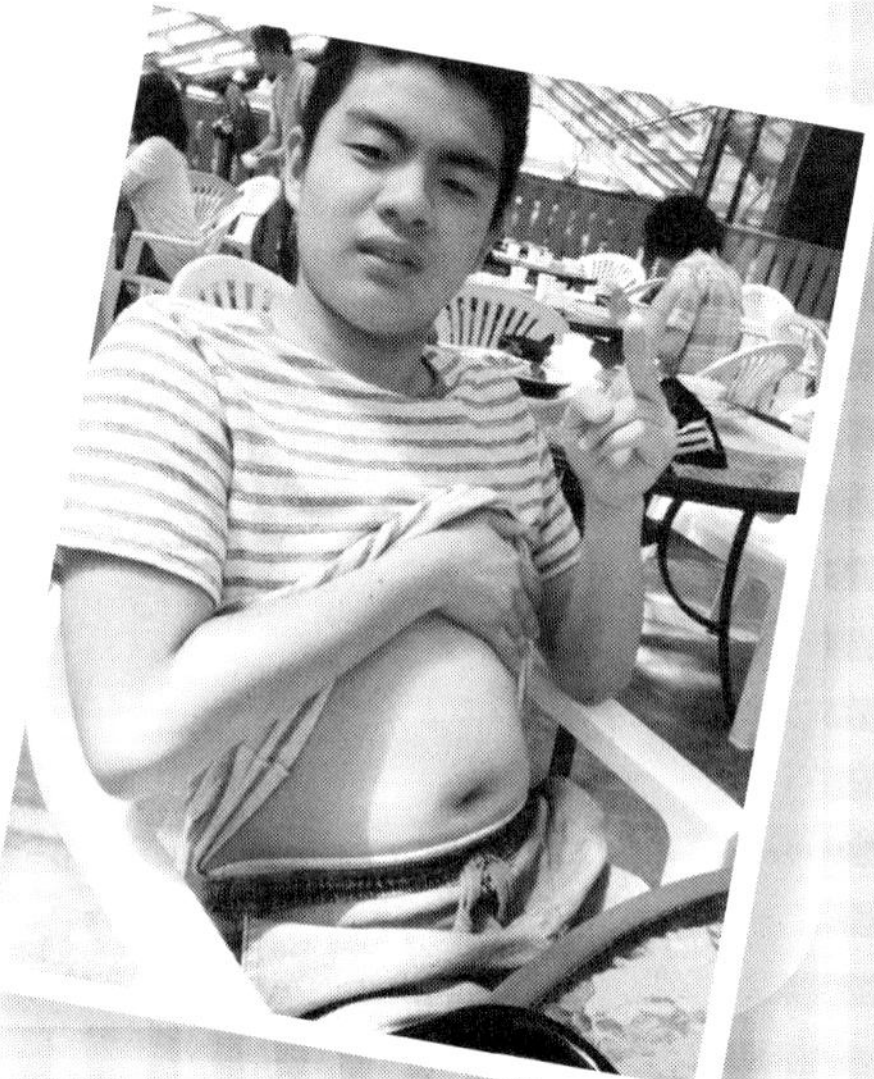

外食編「こぼんちゃん、ゲボ！の経歴!?」

注意！です。食事前の方は、読むのをお控えください！

「お母さん、ゲボしました…」「なに～～!?」

こぼんちゃんは外食に出かけると、結構な頻度でゲボ（おう吐）します。

決して調子の悪い時を狙って出かけているわけではありません…明らかに…胃の容量オーバーだと思われます…それを寸前で止められないワタクシたちもどうかと思われるのですが…


『経歴書』

●ラーメン屋（確か「よってこや」）
小さい頃でした。予測もなくすっきりゲボ。多分初めてお店で吐いたのでワタクシが超ブルー。

●うどん屋（「丸亀製麺」のできたてホヤホヤのお店）
みんなで食べようと桶に入っている家族うどんを注文。こぼんちゃんのすさまじい早食いに家族はついていけず…気がつけば、ゲボ。うどんは長いつるつるのきれいな状態のままで流出していました。全く噛んでいない様子が見て取れました。

●お寿司屋（いつも大繁盛「くら寿司」）
経験上、やっと学習したワタクシ達家族…もうそろそろ…と感じると「こぼんちゃん、もうやめとき！」とストップをかけるようになりました。

この日も何一つ顔色を変えないでいるこぼんちゃんを見てホッ！　主人とこぼんちゃんは先にレジの方へ…少し遅れたワタクシがレジに近付くと…レジの前辺り…何やら、人が地面を避けて通っているような…そのずっと奥に何ともブルーな顔色でたたずむこぼんパパ。事を察知したワタクシはお店の人に謝り、掃除をしようとしたのですが「いいですよ」と言って若い女性が片付けてくれました。大迷惑の巻。

●バイキング（「神戸どうぶつ王国」）
デイサービスの企画で神戸どうぶつ王国へ！　自分のお小遣いで動物のエサを買いまくり、上手にえさをあげご満喫している様子のこぼんちゃん…そして、ランチはバイキング！　こぼんちゃんはバイキングでも取り過ぎず、どちらかと言えば上品盛り。また食べたかったら少しお皿に入れて…という感じだったのに対し、あれもこれも、カレーも食べたい！　と皿に下品盛りを

14
とうとう中学生

こぼんちゃん日記

KOBONCHAN's Diary

「こぼんちゃん、中学生になったよ!!」（2013・8）

この4月から、こぼんちゃんは、晴れて佐野支援学校中学部へ入学！

なんと、同じ小学校からの同級生3人ともが同じ道へ…

通学路は今まで通っていた小学校の前を通り過ぎ、そこから支援学校行きのバス停までが新たな道のり。通学する時間帯も小学生とほぼ同じ時間なため、今まで同じ学校だった下級生たちは「こぼんちゃん、どこ行くの？　なんで、私服なん？」と興味津津…そのたびに説明するワタクシに、振り向きもせずスタスタと先へ進むこぼんちゃん…

それでもみんなに「こぼんちゃ〜ん！」と声をかけられハイタッチ!!

色とりどりのランドセルの中に紛れて歩くガリバーさん。このごろの毎日の風景…

バス停に着き、もう何年もこのバスで通学しているような態度で乗りこむこぼんちゃん…そして、毎日バス停で新しいお友達に会うのがとても楽しみなワタクシ…それと、こぼんちゃんは新しい学校で個性豊かなお友達とどのように過ごしているのか、想像しているだけで何だか口元が緩みます。

しかし…ここ最近、名前を呼んでも返事をしないこぼんちゃん…

(中学になったとたん、生意気にも「うるさいなあ…」と思っているのかしら…??)

ある日…いつものように奥の部屋でDVDをかけながらだんじりの音を鳴らし、DSをしつつも、いろんなグッズを広げて「こぼんワールド」を楽しんでいるところに「こぼんちゃ〜ん！」と呼ぶワタクシ。

「……」何度呼んでも返事がないので
「最近、こぼんちゃんは耳ないんですかぁ〜?」と部屋の方へ投げかけると…

バタン！　タッタッタッ！　と部屋から出てきたかと思うと、右耳→左耳と順番にワタクシの顔面間近に耳を見せサッサと部屋へ戻って行ってしまいました。

「耳、あるよ〜」と言わんばかりに……

予期せぬ出来事に面食らいましたが、やはり笑いが込み上げ大爆笑！

なんてお笑いのセンスがあるんだろう。じゃなくてマジボケ?

「尿検査」

学年が上がると必ずある尿検査。こぼんちゃんは小学校の時から、自分でおしっこが取れて世話いらず！　そして、今年注意事項を見てみると「寝る前に必ずおしっこをしてから寝かせてください。」と書いてあったのでさっそく夜に「こぼんちゃ～ん、おしっこしてきて～」と言うと、トイレに行ったのか寝室のある2階へサッサと上がったこぼんちゃん。（う～ん、忠実でかしこいね～）と　感心するワタクシ。

それから、ほんの少し時間が経って寝る準備をしていたら…「ん？」「ん～？」

なんと！　黄金糖のような色のおしっこらしきものがなみなみと入ったプラスチック容器が食卓の上にきちんと置かれていました…（明日の朝なんだけど…コレ…）

ワタクシが娘にするいたずら的なジョークに感覚が似ている…

おもしろい!!　夜な夜な、一人で感心し笑わずにいられない母でした。

さて…

地域の中学校へ行っているこぼんちゃんの同級生たち…

みんな、クラブやテストで忙しくなるんやろうな…仕方ないけどこれからは別々の道…この先、こぼんちゃんのこと忘れずにいてくれるやろか…と少々ブルーになるワタクシ…しかし…4月になって早々にも

「こぼんちゃ～ん、来たよ～！　学校どう？　楽しい？」

「クラブ終わってすぐ来たねん！」とまずはハグしてあいさつ。「なあなあ、聞いて〜こぼんちゃ〜ん」何を話しかけても残念なことにあまり…いや全く反応のないこぼんちゃん…でもそんなこと気にしないいつもの仲間たち。

「僕らは、こぼんちゃんに逢って人生が変わったかもしれない仲間たち！」と笑って楽しそうに話すのを見て心の中で、「いいえ、あなたたちが透明で柔らかくて温かい心だったから本当の意味でのこぼんちゃんに出逢ったんだよ」と思うワタクシ。

そして「夜店、いつ行くぅ〜？」と予定を立て「また来るで〜！」と帰っていく彼、彼女たち「バイバイ、またな」と見送る中学生のこぼんちゃんです。

人生いろいろ…子どももいろいろ…　子どもたち、みんな幸せになぁれ♪

地域で育った敬介も、中学校は少し離れた特別支援学校へスクールバスで通うことに……。同じ小学校区からはお馴染の仲間3人が一緒で、通学はバス停までの送迎が必要でした。

そして、この特別支援学校で4歳の頃に出逢ったパピースクールの仲間たちと再会しました。

入園式……カメラを見ることもできず、動き回る子どもたちを捕まえに行くのが精いっぱいの、正装した私たちの動きのある一枚の集合写真……この園に入園できるということはある意味「苦労を背負ってきました〜」といった感じで、障がい児を授かりどうしていいかわからず、泣いたりオロオロするばかりで、誰かが何かを話すたびにあふれる涙……悩みの種しか出てこなかった日々、障がいについての勉強、わが子の世話、自分との闘い……超ポジティブな私でさえいろいろと考え、家でテレビなど観ている暇や余裕など一切なかったこの頃……子どもの可能性を求め、それぞれの思いでそれぞれの道へ進みましたが、数年間を経て、この中学校で、ほぼみんなが集結。

パピースクールでの通園は、ばぁばに任せ、あまり園には登場しなかった私でしたが、みんな「久しぶり〜! ばぁば、元気〜? 会いたいわ〜」と昔と変わらない笑顔。でも、あの頃と違っていることは、お母さんたちがみんな気負いすることなく、余裕があり心豊かになれていると感じることでしょうか……。

こぼんちゃん日記

KOBONCHAN's Diary

「支援学校行事編♪♪　10月　運動会の巻」(2013・11)

中学校になって初めての運動会! まるで、緊張感のないこぼんちゃん…

どの競技でもその様子をかもしだし…

準備体操から始まり、まずは演技。いろいろある中のこぼんちゃんはポンポン隊! なんと、こぼんちゃん含むポンポン隊はみんな背が高くて『自閉系イケメンズ♪』

そして、イケメンズいや、ポンポン隊は、その名のとおり、ポンポンを持っての演技です。手に持ったポンポンは取りあえず0・5テンポ早めに振っていました。輪になったり、グルグル回ったりと、人と合わせるのが苦手な子どもたちが多いのになかなかの出来でした。

その後の踊りもザ！イケメンズは、みんな同じ角度で手は伸びず、ゆる〜ゆる〜のかったるい様子で、地域のマセくれたちょい悪中学生軍団のよう……

お次は徒競走♪

みんな自由な感じだったけど、本気走りの子もいて素晴らしく速かったし、歩いてゴールの子も笑顔で楽しんでゴールしていました。

こぼんちゃんは…

走ってきたぁ〜！　何やら両手を上げ闘争心ゼロ%の表情で、スタートからガッツポーズをしながらべべ2番で「気持ちいい〜」といった感じでゴ〜ル‼

最後は綱引き！

これも、前列はイケメンズがズラリとおそろいで出場！　しっかりした子に、音声を付けるなら「あんたここ」「あんたはここ」と綱の位置を指示されながらスタンバイ！　イケメンズはみんな大きいから力も強いはず…し、しかし、みんなが真っ赤な顔をして綱を引っ張っている中…

イケメンズは綱に手を添えているだけ⁉　それだけではありません。綱に引っ張られ、そろって前に後ろにと…まるで、海に生息するわかめのよう…アハ…アハハ……。これは見ていて笑えました。

でもね、それぞれの競技、演技を自由なレベル、個性で発揮して、笑顔で楽しんで頑張っている支援学校の子どもたちを見て清々しい気持ちになれました。

とりあえず、こぼんちゃん、イケメンズ、支援学校のみなさんお疲れ様！

さて…次いきま〜す！

「こぼんちゃんは、あいさつ上手!?」（2014・4）

早いもので、中学になってあっという間の1年間…この4月から、こぼんちゃんはもう中学2年生！

毎朝、6年間通った小学校の前を通過し、支援学校行きのバス停まで歩いて通学。

小学校付近では、小学生がこぼんちゃんにハイタッチ！

こぼんちゃんも何気にハイタッチ！

小学校前では、校長先生が毎朝、児童に声をかけていて、こぼんちゃんにも、毎朝、ハイタッチ！

他の先生も、自分よりも大きくなったこぼんちゃんをハグする光景も…

という感じで、ハイタッチが身に付いているこぼんちゃんは、ある日、ばぁばとお買い物に…

駐車場の入り口で、車の交通整理をしているおじさんが、車を止めるために手を上げていると、タイミングよくその横を通ったこぼんちゃんは、なんと！　その手にさらっとハイタッチ！

ふいをつかれたおじさんは、ビミョーな表情をしながらも笑っていたそうな…

その様子を後ろで見ていたばぁばは、「他人のフリをしました」だってさ。

人生いろいろ…子どももいろいろ…こぼんちゃんは今日もみんなとハイタッチ♪


久しぶりに聞いてみました…

「こぼんちゃん、大きくなったら何になるの？」

「だんじり」

「だんじりにはなれないよ。だんじりの何するの？」

「だ・ん・じ・り！」

「……」

（だんじりの彫り物にでもなるおつもりか……）

中学2年生のこぼんちゃんも、担任の先生を日々笑わせている天然ぶり！

春も連絡帳によると、『今日は気晴らしに中庭へ行って遊びました。外を見てブランコの周りをウロウロするこぼんちゃん。何をしてるんかな〜って思っていると、タンポポのわた毛を探していました』

前にも書きましたが、「こぼんちゃんの歩く道にわた毛なし」というほど、わた毛を見つけると、ふ〜っ！

そして…連絡帳の続き…

『美術の時間は自画像を描きました。描き終わった後、みんなを待っているこぼんちゃんをふと見てみると、ワキをのぞき込んで、ワキの毛にふ〜っと息を吹きかけていました…』 わた毛…わき毛…（笑）

「ぬれ衣〜⁉」（2014・7）

先日…わが家の2階で片付けをしていたこぼんパパとワタクシ…

ワタクシの隣りでプ〜ンとおならをするこぼんパパ。すかさず「おならしたやろ？」と文句を言っていたら、ご機嫌よく2階の様子を見に来たこぼんちゃん。

するど、パパが「こぼんちゃ〜ん、お母さんおならしたで〜」（なにを？ 私にぬれ衣をきせるとは！）

「違うで〜、こぼんちゃん、お父さんやで。お父さんのおしりたたいて！」

「お母さんのおしりたたいて！」と言い合いになり、こぼんちゃんはワタクシとパパの間を行ったり来たり…

何度かくり返すうちに、ちょうど中間地点にきたこぼんちゃんは、自分のおしりを自ら強めにポンとたたき、下の階に降りていきました…

ここでも、父と母は笑いが止まらず…ごめんね、こぼんちゃん。

それから、「5」と「0」のつく日に、岸和田城のお堀のところにズラリと的屋が並ぶ夜店が始まり、今年もこぼんちゃんの小学校の時のお友達が私のラインに「夜店に行こう！」と誘ってくれたのでみんなで行って来ました。

どんどん大人っぽくなる同級生…少々のギャップも感じるけど、忘れずに誘ってくれてうれしい母です。でもこの子たちは日々、勉強、友達関係、スマホのやりとり…と楽しい半面、しんどいところもあるのです…

そして、私が話すおもしろおかしい？　支援学校でのこぼんちゃん話を聞き、変わらないこぼんちゃんと会ってきっと癒されて帰るのだと思います。

それから…

次の夜店は支援学校のお友達を誘って行って来ましたよ～。

みんなハイテンションで、各自、首からサイフをぶら下げてかたことの日本語？　でも自分たちでお店を巡っていました。子どもたちより少し離れて、見守りながら歩いている母たちの幸せそうな顔が印象的でした。（こうしていたら、普通の中学生と変わりないね…）

しかし、単独行動の多いこぼんちゃんを常に見失い、必死で探しまくる母でした。

「こぼんちゃん、スイマーになる!?」（２０１５・４）

こぼんちゃんは、去年頃から月に一度ハンディのある人たちを指導してくれるスイミングへ通っています。

数カ月は、大好きな水を前に我を忘れプールに飛び込んだり、バッシャンバッシャンして水しぶきを楽しんだり、しまいには教えてくれているコーチを道連れに、プールにダイブ…。そんな状態でもありがたいことに、コーチが「最初は水と雰囲気に慣れるまで、自由にしてもらいますね」と言ってくれひと安心。

何カ月経ったでしょうか…やっとのことで、ビート板を持ってプールに入っているこぼんちゃん。その矢先…コーチが「お母さん、水泳記録会があるんですけど、こぼんちゃん、出てみませんか？　いい経験になると思うんですけど」と誘ってくれ…

（コーチもなかなかのチャレンジャーだな）と思いつつ、「いやあ、記録会で迷惑がかからなければ出てみてもいいんですが…」とワタクシ。

「ぜひ！」とコーチ。

ま、いいか、犬かき選手権ならいい線いくと思うんだけどなあ…（笑）

そして、3月22日、こぼんちゃんは『25ｍ自由泳法』という競技にエントリー！（なるほど！　自由に泳いでもいいのだ。しかし、泳ぎ方を知らないのにどうやって25ｍを泳ぎきるんだろう？）だんだん楽しみになってきたワタクシ…

1本目、ビート板を持ってこぼんちゃんはスタート位置に登場！　ドキドキ…

緊張感の全くないこぼんちゃんはニヤニヤ…

ヨーイ、パン！（普通にバタ足できてますやん。へぇ〜。ふつー過ぎる…）

…2本目、コーチが「お母さん、こぼんちゃん、いけそうやから次は介助もビート板もなしでいきます」

（ワタクシを超えるチャレンジャーだ…）。

2本目、こぼんちゃんは素手でプールのスタート位置に…

どうする？　こぼんちゃん！　誰も予想がつかない中「ヨーイ、パン！」

なんと！　ひ・ら・お・よ・ぎ！　しかもうれしそうに笑いながら？　本能か!?　こぼんちゃん、すご〜い！

帰宅して…

「こぼんちゃん、今日は頑張ったね〜」と話しかけると「が〜んばったね！」

「こぼんちゃん、あれはなんの泳ぎをしたの？」

「ひらきおよぎですっ！」

（ひらきって…）

こぼんちゃんお疲れ様！　素晴らしい本能と才能を見せてくれてありがとう♡

スイマーだね！

PS　こぼんちゃんは、この秋から、「カレーライス、ひとりで作るよ！」と、タブレットでカレーの作り方を検索し、動画を見て日々研究…。ジャガイモなどの材料も厳選（メークインとかはバツ！　じゃがいもと書かれたものしか買いません！）

そして…米を研ぐところから一人でカレーを作りました。

こぼんちゃんカレーのでき上がり！

「みんな〜、食べますよ！」

「ぼく、カレーを作ったでしょ」と大満足。その後も、「○月○日、カレーを作ります」と計画を立て作ってくれます。でも、じゃがいもは、どんなに小さくても3つです。なぜなら、お手本にしているカレーの作り方の動画がじゃがいも3つだから……

支援学校で、敬介も私も新しいお友達ができました。

「自閉系イケメンズ」

敬介が中学校に入って、私自身が前からの仲間、新たな仲間と共に行事に参加したり、子どもたちのこれからの行き先や社会へ出るためにはと、ランチを食べながら楽しく話しています。

中学生にもなれば、健常の同級生はみんなクラブをしたり、友達と遊びに行ったりとしているはず。わが子たちにも、親とばかりではなく学校以外でもお友達と一緒に遊ぶ時間を作りたいと相談し、一緒に出かける約束をして、なるべく子どもたちだけで行動するように仕向け、親たちは少し離れたところで見守り、その様子を見て楽しんでいます。そして、この先、何かあれば相談できるようになればいいねと話し、それぞれのきょうだいたちも、一緒に出かけたりすることも計画したりしています。

中学3年生になった今でも、敬介が初めて言う言葉に「すご〜い！」と感動し、手をたたいてよろこび、170㎝にもなっている息子のことを常に「かわいい〜！」と絶賛してしまう、いまだに親バカです。

TAMIYA PLASTIC

こぼんちゃん日記

KOBONCHAN's Diary

「こぼんちゃん中学部卒業〜！」（2016・4）

2016年3月11日、こぼんちゃんは、晴れて中学部を卒業しました。

中学部でも、クラスメイト、先生方を笑わせる数々の伝説を残し…

卒業式当日、こぼんちゃんは紺のブレザー、チェックのズボンを着用、たまご色のネクタイをお父さんに締めてもらい「馬子にも衣装（笑）」。しかし、卒業ということがわかっているのか…？　そして、パパとワタクシも車を走らせ卒業式に出席！　3年間で保護者のみなさんの顔も覚え、あいさつを交わしながら、ついこないだのように思う小学校の卒業式を思い出し保護者席へ…でも、小学校の時のように、みんなと別れ別れになるわけでもなく、高等部も同じ学校に通うわけだし、今日は、3年前の卒業式のように、水分不足になるほど涙は出ないだろうと予測。

そして、「卒業生入場〜」という案内と同時に、中学部のみんなが入場！

どの子もきれいに正装をして、一人ひとり立派な姿で、すがすがしく歩いて入場してくるではありませんか…そして、子どもたちと共に日々を過ごしてくださった先生方のお姿を前に…いろんな日があっただろうな…と思うと涙がどんどんあふれてきて（ダメだ、最初から水分を出しては…）

そんな中、式は進み「卒業証書授与」。こぼんちゃんは、名前を呼ばれ「はい！」と返事をし、何事もなく証書を受け取りました。（今までからすると何もなくてつまらない…）

それから、今まで先生方の介助が必要だったお友達が、介助なく一人で証書を受け取る姿…証書授与台まではほんの数十歩ですが、寄り道しながらも一歩一歩…どのお友達も成長の証しです。運動会、学習発表会、マラソン大会と、思い返しているうちに、もう涙が止まらな〜い！（やっぱ、ダメだ…）

その後、各クラスで最後のホームルーム…なんと！　こぼんちゃんは、保護者のみなさんが見守る中、最後の日直さん。最後のあいさつです。「ホームルームをはじめます！」

ホームールって…（発音してみてください）みんな爆笑！（どんな時でも、笑いを取るとは、さすがだ…）

そして、1人ずつ修学旅行へ行ったことや、遠足など、学校での思い出や楽しかったことを発表し、先生がクラスのみんなにお話をしてくださり、またまた、こぼんちゃん終わりのごあいさつ…「ホームールル、おわります！」。2度目の笑いを取ったこぼんちゃん。（マジボケだった…）本人は気にするでもなく、緊張するでもなく…素。

そして、準備しておいたお花を生徒一人ずつが先生に渡し…先生とのお別れです。先生、子どもたち一人ずつを認めてくれて、いろんな所を見つけてくれて、かわいがってくれてありがとう…最後に先生、生徒、保護者みんなでの茶話会…

こぼんちゃんは、お世話になった先生方の似顔絵を描き、小さな額に入れたものをプレゼントしました。

なかなかのでき栄え。そして「お母さん！　最初の入場の時から、泣くの反則やわ〜！」と数人の先生に言われたワタクシ。（バレていたか…）

こぼんちゃんは、「写真撮るよ！」と、なんとお友達と自ら写真を撮りに行ったり、先生と戯れたり、女の子のスカートを撮るのはやめましょう！　こういう風景も想像もできなかったことでした。中学3年間で、好きなお友達ができたりお友達を誘ったりと、今まで一番の難関だった人との関わりで大きな成長をみることができました！

しかし…彼は、卒業の意味がわかっているのかは未だ不明…

「3月は春です。春は暖かいよ！　高等部になったら、新しい半ズボン買います！」

となぜか、早く半ズボンを履きたいこぼんちゃんです。

卒業の日、浜小学校でお世話になった先生方より、お祝いのメッセージカードが届きました。忘れずにいてくださってありがとう。

夜はわが家に遊びに来て、こぼんちゃんの相手をしてくれる姉の高校の仲間たちが、こぼんちゃんにお祝いのケーキを持って来てくれました。

よかったね！　こぼんちゃん。

それから…

こぼんちゃんは、「春休み、かんさいいくるスポーツセンターに行く」と書いたメモを部屋のあちこちに貼りまくり、お友達を誘い、春休みに「関西サイクルスポーツセンター」に行って来ました！

3年前、仲良しだった仲間たちと卒業遠足で行ったことを覚えていたのか…卒業＝関西サイクルなのか…？


当日…すっかり落ち着いて、順番を待ち、どんどん自由に行動するこぼんちゃんたちがいました。後ろ姿をみていると普通の男子たち…乗り物に乗る際、「こぼんちゃん、荷物持とうか？」と言うと「かごにいれる！」と言われたワタクシ…

そんな息子たちを見ながら、一緒に行ったお母さん方と「どんな時も手を離せなかったのに、こんな日が来るとは思ってもいなかった…」と共によろこびました。

そして…この日のこぼんちゃんの報告は…

「じてんしゃがぶつかりました」「まさきくん、おこった」「ぼく、わらった」（なんでやねん！）

「まさきくん、なんて怒ったの？」

「プンプンプン！」「フフッ…」（何がおかしい！）

「また、来年行こうね！」

とこぼんちゃん、友達に怒られようが楽しくてしょうがないといった感じ…

ついでに、その日はワタクシのお誕生日！　こぼんちゃんは、そんなことはよくわかっていないようだけど、こぼんちゃんの成長が、ワタクシへの最高のプレゼント…

次は高等部。どんどん大人になっていくこぼんちゃん…乞うご期待!!

去年、岸和田城の咲いている桜を見逃がしてしまったこぼんちゃんとワタクシ…散ってしまった桜を見ながら、「さくら、もう1回咲きますか?」「2016年、さくら咲こうね!」と言っていたこぼんちゃん。今年の春は、桜見に行こうね!

そして、こぼんちゃんもいつの日か、ぱ~っと花を咲かせてね!

人生いろいろ…子どももいろいろ　こぼんちゃんは…　笑いを誘う　笑い花?

敬介は中学校を卒業しました。

数年ぶりに、小学校の頃みんなと行った二色の浜までの桜の小道を敬介と自転車で行ってみました。そこには、先に行っては振り返り、追いつけない私を待つわが子がいました。

そして、久しぶりの桜の小道は花びらが散り始め、今か今かと出番を待っているつつじの花がつぼみをふくらませていました。

15 だんじり祭りとこぼんちゃん……プラスわたし

こぼんちゃん日記

KOBONCHAN's Diary

「太陽がシャワーしてる!」（2015・9）

夏の終わり、雨が続きやっと小雨になってきたある日、こぼんちゃんが空を見上げ、言った言葉…そうだね。こぼんちゃんにはそう見えるのね。

夏の間は、太陽もきっと暑くて、冷たいシャワーで冷やしてるのかも。そして、ひと雨ごとに涼しくなる。なるほど～

こぼんちゃんは、天気予報が好きなようで、毎日、私の携帯電話で天気予報を見てお天気を確認しています。「お父さん、今日晴れよ！」なぜか、ずっとオネエ言葉のこぼんちゃん。

そして、今年のだんじり祭りも素晴らしい秋晴れ！

こぼんちゃんは、だんじり試験曳きの日「明日、4時に起きるよ！」と宣言し、なんと！

「お父さん後ろ。お母さん後ろ。ぼくは前です！」と、（ぼくは、一人で行きます！）と言わんばかりに走る位置を指定。親離れ宣言？

（こぼんちゃんは、きっと一人でも大丈夫と思っているけど、この大きなお祭りに万が一のことがあると迷惑がかかるからそれはできません…）と心のつぶやき…

毎年、綱の前で走る位置をうるさく教え、どこかへ行きそうになるのをすばやく捕まえ…とある意味大変でした。（いっそ、だんじりに興味なんかなかったらよかったのに…）と思う年も…でも、祭りでのこぼんちゃんの様子をみていると、どうも幼い頃のワタクシと同じ…太鼓の音がするとじっとはしていられない…

そして、今年の祭りも親子そろいのはっぴを着て、一人で走りたいこぼんちゃんと、男の人たちの中に紛れてなるべく離れて見守りながら走るワタクシ…

ところが、今年はまといの人たちと歩調を合わせ、まるでまとい持ちのように参加できていたこぼんちゃん。そして、町の人たちの粋な計らいで、何度かまといを持って走らせてもらいました。日々、家であらゆるだんじりシーンのシュミレーションをしている彼は、まといを振るのも見ていた人たちが絶賛

堺町若頭
御祭礼

御祭礼

御祭礼

するほどとても上手。

そして、もう一つ…

岸城《きしき》神社宮入りの後、神社の前で、ふと見るとこぼんちゃんがいない!? と思っていたら…

「アイスクリーム食べたよ」と現れるこぼんちゃん。でも内心…大勢の人がいるお堀のところにアイスクリンを買いに行ったんだろうけど、会話ができずうまく買えなかったんだろうな…とせつなく思っていたら町の人が「アイスいる人、一緒に来てやぁ!」という声がして、「こぼんちゃん、行っておいで!」と厚かましいワタクシ…。でも「アイス食べたよ」と何度も言うこぼんちゃん。

まさかアイスを一人で買えるはずがないと思っていたワタクシですが、こぼんちゃんの口元を見ると、なんと!

ひとかけらのアイスクリンのコーンがついていました。「こぼんちゃん、すごい! 一人でお金を払ってアイス買って食べたんやぁ! すご〜い!」と思わず叫ぶ母でした。こぼんちゃんは「なにが〜?」と言わんばかりにきょとん…

そして、2日中、まといの場所から離れることなく無事に走りきりました。

やったぁ!

どんどん大人になっていくこぼんちゃん…成長を思うとすごくうれしい…でもちょっとさみしい母であります。こぼんちゃん、明日も晴れ?

「岸和田だんじり祭り」って？

いつの頃からなのか、有名になってきている岸和田だんじり祭り。

少し説明しますと……

大阪府の南部に位置する岸和田市は、お城と地車（だんじり）、そしてその祭りにかける情熱が自慢の街。おそらく、だんじりに携わっている人たちは、自分たちの中では、日本3大祭りのうち一つが、岸和田のだんじり祭りだと信じているはず……

その自慢のだんじり祭りは、その昔……300年以上も前に、岡部長泰《ながやす》公という殿様が五穀豊穣を祈願し、一年に一度、庶民は参拝のためにお城に入ることが許され行った稲荷祭がその始まりだと言われています。

当初は長持（お宝を入れるような箱）に車を付けたようなものをお城に曳き入れ、芸事や相撲をして楽しんだようです。その長持が長年にわたり進化し、現在は4メートル4トンと言われる総ケヤキの長持、いやだんじりには、有名彫り師による岸和田の民話や戦国絵巻なる彫り物が施してあり、各町、由来や伝統のある彫り物は自慢の一つです。彫り物をいっぱいに施したけやきの箱に4本柱を立て、屋根を載せコマを付け綱をつなげ、それを曳きまわし、地元の町を駆け巡ります。

だんじり曳行は、子どもからお年寄り（定年制度なし。体力が続くまで）までがそれぞれに役割があり、そろいのはっぴで祭りに参加します。だんじりの先頭は、その町のシンボルである「まとい」が風を切って走ります。各町の「まとい」は、その昔、城内で行われた相撲大会で町内の力士が優勝し、藩主より授与されたと言い伝えがある軍配を摸していたり、岡部公が、大しけに遭った際、その町の漁師が救助に向かい御舟を守りきった功績により、ご褒美にいただいたと伝えられる長刀に因んだものだったりと、それぞれの由来のあるものを形象したものが多く、その言い伝えを知るのも興味深いです。

そして綱の先頭は、力のある「少年団」や「青年団」。続いてスピードの要になる綱中、綱元を曳くのも「青年団」。だんじり本体の中では、「鳴り物係」が、これも各町伝統のリズムで大太鼓、小太鼓、篠笛、鉦を調和しながら奏でます。だんじりは、その鳴り物の音に合わせた速度で走り、その日の祭りの行事によって音調が違います。そして、一気に角を曲がる「やりまわし」（方向転換し、角を曲がる）には要の「前テコ」「後ろテコ」。その舵を取る指示をするのは、地上4メートルのだんじりの屋根の上で自慢の踊りを披露している「大工方」です。だんじりのやりまわしが祭りの見どころの一つで、道の角を曲がるスピードと切れのよさを競い、やりまわしのたびに子どもから大人までが力を一つにして、一気に角を曲がります。その瞬間、神が舞い降りだんじりが超高速で交差点を直角に曲がった時には、周りから、わぁ！っと歓声が上がり、拍手喝采！　曳き手も優越感に浸り、心を弾ませ意気揚々と町に帰ります。しかし、一つ間違えると、死人だって出ることもあり命がけです。

毎年9月半ば、試験曳きをし、宵宮、本宮の2日間、祭りは行われます。

宵宮の曳き出しは、夜中頃からざわざわと集まりはじめる人々……そして、まだうす暗い朝、6時のサイレンと共に旧市では22台のだんじりが一斉に走り出し、待ちに待った岸和田だんじり祭りの本曳きのスタートです。だんじり好きな人は、おそらく（私はそうですが……）一年間で、この時が一番、緊張し心が躍り鳥肌が立ち、身も心も浮き立つくらいうれしい瞬間だと思います。それが伝わってくる見物人もみんな、歓声を上げ楽しみます。

午後からは、バズーカのようなクラッカーを打ち鳴らし、風船やハトを飛ばすなどをして、各町だんじりのお披露目をする駅前パレード。夜はだんじりに提灯を飾り灯入れ曳行。昼が「動」なら夜は「静」。道にだんじりがずらっと並び赤い提灯が揺れながら、ゆったりと動いていく様はとても幻想的です。男も女も、そして若い人から、ご老人までが、酒と祭りの雰囲気に酔いしれ、小さい子どもたちも夜は綱を持ち、だんじりを引っ張ります。

2日目は本宮。だんじりを清め、神社に宮入りです。昔ならば、五穀豊穣（今なら、町の活性化でしょうか？）を祈念して神社にお参りをします。岸和田城付近の街（旧市）では、岸和田城のそばにある岸城神社に入るまでの「こなから坂」という坂を、一気にだんじりが駆け上がり、やりまわしを決めるという3日間で一番気合いが入り、一番の見せ場となる時です。そして、その日最後の夜を迎えるのです。

とにかく町中が一体となって、たくさんの人が関わって伝統を守り、だんじりを動かします。だんじりのことは、奥が深すぎて莫大な情報になるのですべてはここには書けませんが、そんなだんじり祭りに魅了され参加する人、追っかけをする人などで、毎年、9月の祭りの日は、大勢の人がわんさと寄って来て賑わいます。

そのだんじりに打ち込む気持ちは、子どもの頃から育まれるわけで……子どもたちの間でも、初めて会う時のあいさつは「だんじり何町？」という質問から始まります。しかし、大人になっても老人になっても、一年中、あちこちで祭りの話題がくり広げられ、お互いのだんじり自慢が高じてけんかが絶えないのがたまにきず……

おんなのロマン⁉

旧市と同じ日に祭りが行われ、十数台のだんじりがある岸和田の端っこに位置する春木地区で生まれ育った私は、母親のおなかの中にいる頃からだんじりの太鼓の音を聞いて育ち、もちろん、だんじり大好き女子に育ちました。太鼓の音がすると、胸が躍り、学校では、男子と一緒に毎日、机を太鼓代わりにして叩き、祭りの日が近付くと、そわそわし、毎日、あと何日……あと何日……と、祭りの日を心待ちにしました。そして……暗いうちから、じりじりっというコマと地面が擦れる音がして、私が住んでいた家の前辺りに、だんじりを据え、静かに太鼓が鳴りだし、祭りが始まります。祭りの朝は、うれしさのあまり落ち着かず、緊張しすぎて空《から》えづきをするほどでした。旧市と同じように早朝からの曳き出しから始まり、パレード、2日目の宮入り、夜の灯入れ曳行と続き、小屋にだんじりをしまう時のしまい太鼓でだんじりとのお別れです。それはもう悲しくて悲しくて……あと365日……その幼い頃のせつな〜い気持ちはいまだに覚えています。

そして、だんじりばなれができないまま、女性はだんじりには乗ることができない、綱は絶対にまたいではいけないという大人の年齢に……

その昔、岸和田のだんじり祭りは、女性は参加できない祭りだったようで、戦争で男性がいなくなったり、戦後、男女同権などの社会の移り変わりの中、女性も祭りに参加するようになったのでしょうが、やはり命を張った危険な祭りなので、今でも男の祭りだと私は認識しています。学生の頃は女友達と集まると「もし、私らが、男やったら……大工方で屋根乗りたいでなあ……」などと話し、その次の話は必ず「やっぱり、彼氏もだんなさんになる人も岸和田の人で、はっぴ着てる人がいいよなあ。子どもにもはっぴを着せて。みんな、遠くに嫁に行ったらあかんで。いつまでも友達で、だんじり一緒に見ような」という将来の夢。私はその時でも、（だんじり、ずっと曳いていたいな）と思っていました。その頃からか……毎年のように祭りが近付くと、祭りの日に玄関で地下足袋を履けなくて、祭りが終わってしまう夢を見る……。

だんじり小屋の神秘

子どもの頃、1年を待てずシーズンオフ中のだんじりをのぞき見に出かけたことたびたび……昔は今みたいにしっかりとしただんじり小屋ではなかったので、扉などに隙間がいっぱいあって、小屋に入っているだんじりをのぞくことができました。

「あ……だんじりいてる。何してるんやろう………」祭りの時と違って太鼓の音も人のどよめきもなくシーンとした雰囲気の中、獅子や馬に乗った武将の彫り物が、今にも動き出しそうで、（神さん、宿ってるんやろか……）と思ったとたん怖くなってきて鳥肌が立つ始末……でもその感覚が大好きでした。

薄暗〜い小屋の中のだんじりは、幼い私にはすごく神秘的に思えました。そう……仏壇の中をのぞいたあの感じに似ている。

（あの馬に乗ったおっちゃんら、誰も見てないとおもたらだんじりから出てくるんとちゃうか……）（獅子は夜になったら、がぉ〜って吠えたりするんやろか……）（やりが、飛んできたりして……）だんじりの彫り物が3Dのようにリアルに見え想像は膨らみ、物音、彫り物たちの声さえ聞こえてきそうな感じ……気がつけば、外も薄暗くなっていて、だんだん恐くなってきて慌てて家に帰りました。家からはキシノばあちゃんが、晩のおかずをこしらえながら、いつもの声で「おかえり。どこ行ってたんや？」と言っている。子どもなりに現実……いや現代に戻れた気がしてホッとする。やっぱり子どもの頃は、外から帰ると家に誰かがいてくれるというのが、何よりの安心感。

だんじりという木のかたまりには何が宿っているのか？　大人になった今でも興味深いです……。

子どもに託す夢

そして、二十歳を過ぎても、はっぴを着続けだんじりを曳いていた私もとうとう年貢の納め時。結婚へ！　若かりし時の夢とは違い、夫は香川県人で、祭りとは全くの無関係でした。ところが、私と結婚すると同時に祭りに参加することになり、祭り男に早変わり。讃岐富士を代表とする山々に囲まれ、どちらかというと静かでのんびりとした香川県人の夫には、ちゃきちゃきとした大阪、しかも、地元人以外は馴染みにくく「濃厚……」と言われているこの岸和田に移り住み、カルチャーショックを受けることが数々あったかと思いますが、同級生などもいないこの土地で祭りという同じ話題で盛り上がり、一緒に酒を酌み交わす仲間ができ、祭りが近付くといそいそと出て行く姿を見ているとうれしくもありました。「祭りに参加しているだんな様……」ということで、ある意味夢叶う……。

1人目の女の子ができ、きちんと座れない時期からはっぴを着せ、かわいいとよろこんでいるうちに男の子誕生。見るからに健康そうだったので、今度は第二の夢……男の子なら、青年団に入って鳴り物をしたり、綱を持ってかっこよく若者らしく仲間と泣いたり笑ったりするんだろうな……想像するだけで身震いするほど楽しみでした。

しかし、息子が大きくなるにつれ、その夢は崩れていきました。社会性に乏しく、人を意識せずまた人と何かを分かち合うことは困難……、この子は、綱を持ってだんじりを曳くことはできても、仲間と分かち合うことはできない……鳴り物も無理。団体に入ってみんなと同じように行動はできない……。

それでも、小さい頃は祭りが近付くと、自転車の後ろに小さな敬介を乗せ、だんじり小屋巡りをしました。その結果……敬介はストイックなほど、だんじりに興味を持ち、写真の一部を見ただけでどこの町のだんじりかを当てたり、毎年、くじで決める宮入りとパレードの順番を、数十秒見ただけで覚えたりするなど、自閉症の特徴を見せるようになっていました。一人で綱を持って走れる年頃になっても、私と手をつなぎ、だんじりの前、後ろと敬介の居場所を考えながら、邪魔にならないように走りました。もちろん、綱も持たせてみましたがどうもままならず……

その内、自らまといのところへ行くようになったのですが、夫は祭りの3日間は忙しく、一人で放っておけない敬介には私が付き添うしかありません。仕方なく綱の前へ……（周りのだんじり好きの女性はみんな、だんじりの後ろで追っかけをしたり、ゆったりと見物したりしているのに、ここでも私の自由はないのか……）。でも、綱の前は人も少なく大好きなまといのそばで、気にせず自由に走ることができ、敬介にとっては好都合な場所でした。天高く空に舞うまといを見ては跳びはねてよろこぶ敬介。

居場所みっけ……

……そうだ。団体に入りみんなと一緒に綱を持ったり鳴り物をしたりすることだけが、祭りの楽しみではない！　他の子が鳴り物や大工方に憧れ、志望するように、敬介だって自分が気に入るポジションを見つけ、迷惑でなければそこで大好きな祭りを思う存分楽しめばいいじゃない！　私は今まで十分に自分の祭りは楽しんだから、これからは、敬介と一緒に楽しもう！　今までの重い気分が一変して爽快になりました。

「まといとともに」

周りの大人たちと背丈も変わらなくなった中学生の敬介は、「少年団」に入りました。みんなと同じように綱を持ったりはしませんが、一緒にお弁当を食べたり少しずつ団体行動もできるようになっていました。

今までは、急にいなくなったり周りが見えていないかのように、あちこち自由に走っていた敬介でしたが、だんじりが動き出すと自分の持ち場のように、サッとまといの所へ行き、自分の決まったポジションから離れることがなくなりました。そして、「まとい」持ちの大人たちが、「敬ちゃん、行くで！」と、敬介を仲間に入れてくれ、なんと町の責任者の男性がやってきて「敬介に、まとい持たせ！」と言い放ち、本番に少しの間、まといを持って走らせてもらいました。ハンディのある子が、有名なだんじり祭りで先頭を走り、町のシンボルであるまといを一瞬でも持つなんてことは今まであったでしょうか……。

高校から同級生たちは「少年団」から「青年団」になり、年齢とともに「後ろテコ」や「大工方」へと、団体、持ち場は変わっていきます。でも、敬介はおそらく……これから先もずっと「まとい」と一緒に走るでしょう。

16 地域のみなさん、ありがとう

「浜七町！」

敬介の育った地域は、山も海もある岸和田市の中で漁港がある海手にあり、その海に面して七つの町「浜七町」のある地域として知られています。浜という名のとおり、漁業を営んでいるところが多く、決してそれが原因ではありませんが、浜のおっちゃんたちは「障がい？　なんやそれ？　おんなじ子どもやろ？」といったなんとも昭和な感じで、情がありだんじりを愛し、本音で生きている……（結束が強いせいか、またはシャイなのか、よそ者はなかなかすぐには受け入れられない……という難点もありますが……）そんなイメージでしょうか。

お母ちゃんたちは少子化が進む中でも、子だくさんの家が多く「うちで預かるよ！」と自分の子もよその子も一緒にという肝っ玉かあちゃんが多く存在し、そんな大人に育てられている子どもたちは、現代、感情を表すことが苦手な子どもも多い中、いろいろな感情をむき出しにし、悔しかったり、先生に怒られたりしたらすぐに泣き（笑）、正義感が備わり、人なつこく地域の大人とのつながりも濃いようです。

そして、何より地域には元気なお年寄りが多く、老人の「たまり場」があり、子どもたちの通学の時間には道筋に出て「いってらっしゃい！」と声をかけてくれます。

その中で、10年以上も前から雨の日でもどんなに寒い日でも道に立ち、地域の子どもたちを見守り、敬介の成長をもずっと見守ってくれている澤田將子さんがいました。ご自身が病気になられても、自らの生きがいと言って道に立ってくれています。それから、遠くにいる、敬介と同じ障がいのあるお孫さんを敬介の姿に重ね、毎朝ハイタッチをしながら見送ってくれるご夫婦や、家からすぐ近くの笹嶋燃料店さん、鉄くず屋の田所商店さん、ご近所の方と、うちから小学校までは３００メートルほどの１本道の道のりでしたが、たくさんの人が道に出て声をかけてくれました。おかげで毎朝、どんなに安心して敬介を送り出すことができたことか……地域のみなさんありがとう。

ある日、澤田さんが、自閉症である東田直樹さんの本をプレゼントしてくれました。

その本の間に『試されているのは自分の方かもしれないということを忘れないでください。』（『続・自閉症の僕が跳びはねる理由』エスコアール出版部、２０１０）との直樹さんからのメッセージ。そうか、そうか……そうなんだ。理解しようとすることよりも心を通わすことをしなければいけないと教えられました。」という手紙が入っていました。

澤田さんありがとう。

「二足のわらじならぬ二町のはっぴ？」

私たち家族が住んでいる浜校区と隣り合わせにあるのが中央校区。浜の漁業地域とは、どちらかというと真逆の性質の商業地域で、今は小規模になっていますが、昔はズラリとたくさんのお店が並び、「街」といった感じ。お互いの小学校規模は、各学年1クラスか2クラスという小規模なのに、人の気質とお互いのプライドがあり統合はできないらしい……。

そして、小亀家では、住んでいる町は浜地区の「大北町」でも、だんじり祭りに参加しているのはお隣の中央校区の「堺町」。主な理由は、堺町から大北町に引っ越しをしたことです。岸和田の旧市ではそういったことも少なからずあり、少子化が進んでいることもあり、町では親がその町の祭り関係者なら、住んでいる町でなくても子ども会に入会できるところも増え、敬介も二つの町の子ども会に入会していました。夏休みなどもキャンプは2回、冬はクリスマス会も2回と忙しく、祭りの日も、試験曳きには大北町のはっぴを着て、町の老人会の見物席に特別に座らせてもらい、次から次とやってくるだんじりを見て大はしゃぎ！　本曳きにはお父さんと同じ堺町のはっぴを着て、だんじりと一緒に走ります。実は、ばぁばと一緒に老人会での健康体操などにたびたび参加している敬介は、おばあちゃんたちにも大人気！

そして、なんと！　二足のわらじを履くことで、地域を広げて大人にも子どもたちにも敬介を知ってもらうことができました。ということで敬介は毎年、二町の柄の違うはっぴを着ています。

大北

「子ども会参加！」

という事情で、敬介は1年生から2つの町の子ども会に入会（子ども会は、町単位で育成者がレクリエーションを企画し、子どもと一緒に参加しお世話をします）。しかし、他の子どもたちとは違い、敬介だけを行事に参加させるわけにはいかず、夫と私も2つの町の子ども会行事には必ず育成者として延べ10年以上参加し、敬介を見張りながら他の子のお世話をしました。

自町である大北町の育成者は浜地区漁師町独特の強面の男性ばかりでしたが、入会の日、子どもに障がいがあることを告げると「お母さん、どの子？」と聞いてくれ、敬介を見て何も聞かず「よっしゃ、わかった」と心良く引き受けてくれました。そして、育成者の男性たちも徐々に敬介を理解し、他の子と同じように扱い、かわいがってくれ、ここでもまた輪が広がり、敬介と一緒に私たちも楽しむことができました。

それから、浜校区の子どもたちは、敬介のことも日頃からよく知っているので、全く違和感なく一緒に行動ができました。しかし、中央校区の子ども会の中では、大人たちは敬介のことは小さい時からよく知っていて、面倒もよくみてくれましたが、子どもたちにとっては違う校区の「不思議な子」だったと思います。最初の数年は、奇妙な動きをする敬介を物珍しそうにじっと見る子やマネをする子もいたりして、親の私たちがそれを見ているのがつらく、敬介は他の子どもたちと離れ、大人と一緒にいることが多かったように思います。やっぱり一年に何度か関わるだけでは、馴染めないのか……とあきらめかけていました。それでも懲りずに行事に参加していた矢先、ある年のキャンプで、同じ学年の男の子が「敬ちゃん、ぼくらと一緒の学年やのになんで一緒にご飯、食べへんの？」と聞いてくれ……そうなんだ、少しずつでもそんなふうに思ってくれていたんだと感激し「ありがとう！　ほんまやなあ。一緒に食べてあげてくれる？」と、敬介を同じ学年の子どもたちの中に入れました。それからは違う学校でも、子ども会や祭りでの仲間として、意識してくれていたように思います。

そして、ある年の祭りの日の出来事……緊迫ムードマックスの大勢の人の中……とうとう敬介がいなくなりました。

堺町奥様隊全員出動！　中央校区と浜校区との連携。

こぼんちゃん日記

KOBONCHAN's Diary

（2011年9月）

やって来ました！　年に一度の岸和田だんじり祭り！　2011年のお祭りもこぼんちゃんはハプニングだらけ!!

今年の旧市のお祭りは、大雨、残暑の中の3日間、あっと言う間に過ぎてしまいました。さみしいような…ほっとしたような…

さて…今年のこぼんちゃんは??

9月初めの週の試験曳き「今年は、だんじりどうする？　見る？　綱を曳く？」と尋ねると…

「綱を曳きます」とこぼんちゃん。スゴイと思いながら、パパと相談して、最初の1周、綱を持たせてみようということになり、こぼんちゃん、綱を曳いて走ることに…

ところが、数十メートルでさっそく転倒！　でもまたすぐに起きて走ったそうな…

走り終わった後も、何事もなかったような平然とした態度。でも、次の日、階段を一段ずつ下り、歩き方もいつもと違った様子…。「足痛いの？」と聞くと「足が痛いようです」とこぼんちゃん。

「どこが痛い？」と聞くと「ここ…」と足の甲を押さえるのですが、腫れてる様子もなく、筋肉痛かな…と。そして本番前の試験曳き。「今日はどうする？」と尋ねると「お母さんと見る」ということで、二人で町に向かいました。そして、同じ町の人、もちろんこぼんパパも、出発の準備でそわそわしている中、いつもの場所でちょこんと座っているのを確認しながら、ワタクシも子ども会の救護班（祭りの期間、熱中症や、怪我をした子どもを、救護する役割）の準備をしていたのですが、座っていた場所には、イスだけがポツン……こぼんちゃんがいない！「パパ、こぼんちゃん、いなくなった……」「えっ！」

トッコトン、トッコトン…とはやし立てるように太鼓が鳴りだし、だんじり周りはさらに緊迫ムード…

ワタクシと子ども会救護班は別の意味で緊迫ムード…

今まで、交代で働いていた救護班でしたが、こぼんちゃん捜索のため、奥様隊総動員で個々に散らばり捜索開始!!　ワタクシは浜校区の人にも連絡。

太鼓の鳴りだす中「こぼんちゃ〜ん、お返事は?」と叫びながら…(名前を呼んでも返事しないのに、お返事は?と言うと「はぁい!」と返事をするため)。

ワタクシと一緒に探してくれた友達が「もし、他の町に紛れてこぼんちゃんのこと知らん人らに押しのけられてたり、突き飛ばされてたりしたらどうしよう…」と心配してくれ、人ゴミの中必死の大捜索。想像することはよくない出来事ばかり…そして、だんじりが動き出してしばらくして「おったで〜。今、巾北町で一緒に見てるから〜」と一報。こぼんちゃん大捜索のち保護される…ホッとしたワタクシと友達も即そちらへ向かうと、みんなの心配をよそにイスに座って手をたたき、うれしそうに笑っているこぼんちゃん。「一人で行ったらダメ! どこに行ってたの!」と言いながら、一挙に汗と涙が吹き出し、のどが渇いてカラカラになるワタクシ…一緒になって涙ぐんでくれる救護班の面々…。

し、しかし…人の気持ちもつゆ知らず、「キャハハ……」と笑い、ワタクシに抱きつき、汗か涙かわからんワタクシの目を両指で押さえ、ニコニコ顔で「一人でいかない、いかない。いかないよ!」と発言。

わかっとんのかぁ!!(関係者のみなさん、大変お騒がせしました…)

そして… お祭り、最後の夜、去年と同じセリフ…

「2011年、だんじりDVD買う?」

「まだ、売ってないよ!!」

中学3年生、お祭りでの少年団最後の年、宮入りを終えた後のお城のところで「同じ学年で写真撮ろう！」と敬介も誘ってくれ、みんなと一緒に写真を撮りました。長年かかりましたが、学校区の違う町でも敬介の存在は浸透していきました。

他の地域でハンディのある子どもとの関わりを聞いてみると、やはり地域によって様々なようです。大人がどんなことにでも偏見をもてば子どももそのとおり。なんの問題もなくハンディのある敬介を育てられたのは、敬介をよく知ってもらい、地域の人たちに偏見というものがなかったおかげだと思います。

そして、夫も地域の人や子どもたちのために少しでもお役に立てたらと、小学校では子ども会のソフトボールのコーチをしたり、ＰＴＡの会長を引き受けたこともありました。

「人様の役に立て。この世でしたことはこの世で返ってくる」

キシノばあちゃんの教訓なのですが、少しでも人のお役に立てたら、もしかしたら将来、子どもたちにいいことが返ってくるかも！　そんな貪欲な考えも少々ありながら、夫も私も、地域のことや子どものことに関しては惜しみなくいろいろとやらせてもらいました。その結果、地域の人たちが応援してくれ、おとなしい性格の夫もちょっとやんちゃな地域の人たちにも馴染み、楽しむことができたようです。

敬介が子ども会卒業後、自分たちより大きな敬介に肩を組み「おおきなったのぅ！」

この数年間、私たち家族は「地域」というグラウンドの中で、みなさんが応援してくれる中、５人６脚で歩んできたように思います。

地域のみなさん、本当にありがとう……。

17
「わが家のゆかいな自閉ちゃん」小ネタ編

こぼんちゃん日記

KOBONCHAN's Diary

「だんじりの……」（2010・11）

わが家には、棒状にくるくると巻かれたタオルがあちらこちらに散乱しております…

そう！　お祭りのパレードの時、だんじりの屋根から垂らす団長の名前の入った垂れ幕…ごぞんじですか？　こぼんちゃんは、毎日、だんじりＤＶＤのパレードの場面を放映し、それに合わせてローリングしたタオルを垂れ幕のごとくぱぁ～っと放ちます。

ある時は、ロッテリアの「ロッテシェーキ今なら１００円‼」の垂れ幕を下からローリング！「こらぁ‼」

ある時は、どこぞの店のすだれをローリング！「こらぁ‼」

ある日、寝室で…

「うんしょ、うんしょ、キャハハ…」

「うん⁇」と振り返ると…

ベッドの上に乗って、ダブルの掛け布団の端を必死で持ち、ローリングしたふとんを垂れ幕にしてよろこんでいるこぼんちゃんの姿…

（なんてバカ力…）こらぁ！　と言いながら涙が出るほど笑ったワタクシとその家族。

「長いものには巻かれろ」変換「長いものを見たら巻いちゃえ！」　Byこぼん

「ガムは紙に包んでゴミ箱へ！」（2011・11）

こぼんちゃんは、5年生の今でも噛んだガムを出すことができません…

でも、ガムは好物で、幼少の頃から噛んでいるガムを取り出しては、器用に伸ばし指に巻きつけたり、舌にぐるぐると巻いたりしてその後は「ゴクリ…」でした。何年もの間、「ガムは出します！」とその都度教えてはいるのですが、敵もさることながらなかなか言うことを聞きません。「出しなさい‼」と言って口を開けさせようとしても、（出すもんか！）と言わんばかりに、日頃は滅多に合わさない目をしっかりとワタクシに向け反抗します。

そして、やっと口を開けた時にはもうのんだ後…「ガムはどこ行った!?」と訊ねると、のどを指差し「ここ〜」（ニヤリ…）とこぼんちゃん。

しかし、もうあきらめたワタクシ…（基本…命に別状はないだろう…という考えの…いや考えになったワタクシ…）。

すると、最近のこぼんちゃんは、ガムを噛むと必ず自ら口を開け、「あ〜ん」と口を指さし（ガムはどこにもないだろう）と言いたい感じ。そして、ワタクシが「あ〜!! ガムどこ行っちゃった!?」と言うと、うれしそうに「こ♪こ♪」と、のどを指さすこぼんちゃん。私が「ガムのんじゃダメダメ〜!」と大げさに言うと、キャッキャとさらにうれしそう!?

しばらくして、再度「こぼんちゃん、ガムはどこ行っちゃった?」と聞くと「ここ〜♪」と今度はおなかを指さしてニコニコ顔。

消化したことわかるんかい!!

大きなガムは涙目になりながら必死でのみこんでいます。これこそ危険!!

「料理研究家…?」（2012・2）

実は…こぼんちゃんは、ひそかに熱心な料理研究家でもあります。

晩御飯の支度をしていると「どいて! どいて!」と言わんばかりにワタクシを押しのけて、木ベラを持ち炒め物をしたり「塩こしょうする?」と言っては、パッパと調味したりします。

そして、ある時は…

茶色のおにぎりをワタクシに見せて「なんだ？　その茶色いおにぎりは？」と聞くと…

「アポロおにぎり！」

付近を見渡すと、アポロチョコレートの空箱…

シャカシャカおにぎりマシーン（マラカスみたいな形のやつ）に、ご飯とアポロチョコを入れてシャカシャカ♪　暖かいご飯にチョコレートがうまく溶けて、どろだんごのようなおにぎり…そして甘〜い香り。

「お母さん、食べて！」「自分で食べなさい‼」

こぼんちゃんの朝ごはんはたいていが、うどん。つるつるとおいしそうに食べます。でも、うどんだけではと思い、食後のつもりでヨーグルトを添えることも。

ある朝…こぼんちゃんをひょっと見るとヨーグルトにうどんをつけて食べていました。ヨーグルトだしの釜揚げうどんか‼

つい最近は同じく、今度はうどんのだしに、バナナをつけておいしそうに食べていました…

うまいのか…！？？　試してみたいような…みたくないような…

そして…ついこの間のこと…

こぼんちゃんは、食卓の自分の席の真横にあるサイドボードのガラスに映る自分を見るのがお気に入り。鼻の下を伸ばしたり、眉を上げてみたりと意外とナルシスト⁇

そして、お楽しみ♪の家族みんなで食べる夜ごはん。その日はわが家の定番！

お好み焼き♪♪

姉のマネをして、小さいヘラを持って食べるこぼんちゃん♪　6〜7㎝角のお好み焼きをヘラに載せ、上げたり下げたりするのを、ガラスに映してニッコリスマイル。それを見て家族もほっこり♪

ところが……何を思ったのかこぼんちゃん！　そのお好み焼きを自分の頭に…

「のせた〜‼」と叫ぶワタクシ…凝視してから笑い転げる家族…

頭にお好み焼きをのせた自分をガラスに映して大満足♡　その後、ぱくっ！

「食べた〜‼」と叫ぶワタクシ…

「あんたの頭はてっぱんか‼」


人生いろいろ…子どももいろいろ…こぼんちゃんは将来、ゲテモノシェフ??

「国語力!?」（2012・9）

夏休みも過ぎ、お祭りも終わり…でもこぼんちゃんは絶好調！

「オハハサン！」とワタクシに向かって微笑みながら話しかけてくるこぼんちゃん。

（何のフレーズ?）と思いながら「何?　こぼんちゃん、何のこと?」

「オハハサン…♪」「だから、何それ?」

「オハハハサン…オカアサン…お・ば・さ・ん！　キャハハ……」

(何だそれ？　お母さんのことか…それも音読み、訓読み…おかしいけど合っている。漢字練習の成果か…しかも変化して言えてる…？　ん？　おばさんは余計だよ‼)

次の日、父のところへ行き「オチチサン♪」。父も「??」。すると、得意げに「オチチサン！　オトウサン！　オジサン！」と言っている。

(オジサンって言われてる…ウフフ) なんだか笑いが込み上げてくる。

数日後、姉が……

「とうとう言ったで！『オアネチャン！』」

まだまだあります。

香川の田舎へ帰る道中の家族の会話…

「なあなあ、旅行に行けるとしたら、どこに行きたい？　私はオーストラリアかなあ…」

「私は、北海道かな…」

「ばぁばは韓国に行きたいやろうね…」

「沖縄もまた行きたいなあ…」

と思いはそれぞれ。そして、じっと耳をすまして聞いているように見えるこぼんちゃんにも聞いてみました。

「ところで、こぼんちゃんはどこに行きたい？」

「……ボウリング」

「……」アハハハ……

いつ？　どこ？　だれ？　の使い方はあと一歩です。

この頃は、家にいない家族のことを気にするようになりました。「お父さんは？」「お姉ちゃんどこいった？」と聞きます。今までにないことです。

そして、祭り一週間前から夜、毎日いない父のことを気にして
「おとうさんは？」

「お父さんは祭りのよ・り・あ・い」「ぼくも行く！」「行けません」


人生いろいろ…子どももいろいろ…こぼんちゃんは、漢字が得意!!

「自閉症児」いとおかし……

敬介は、おそらく思いついたイメージのまま、行動に移すことがあります。それは、自閉症の症状なのかどうかはわかりませんが、奇想天外なことも多く、時には感心したり、つい笑ってしまうこともたくさんあります。自閉症の特質によく「想像力に乏しい。」と記されていますが、敬介や他の自閉症のお友達も、素晴らしい想像力、創造性、才能があるのでは……と思います。

18 なっちゃんありがとう

「ママ、自閉症の子ども、また産んでよ」

小学生の頃、私にこんなことを言いだした敬介の姉の菜摘「なっちゃん」でした。

今は、高校2年生、太るのを気にしながらも食べ盛りの17歳になった姉。

ついこの間、インドの人がやっているカレー屋さんに二人でランチを食べに出かけた時「この頃、パパとママがいなくなったら、私が敬介をみなあかんなって考える時があるねん。施設とかに入れるのは、絶対にいややから。すいませ〜ん、ナンのおかわりくださ〜い！」と言いながら、最近は弟のことを、仲のいいお友達にも聞いてもらうこともあると、笑顔で話してくれました。

そして、「これまでの自分はいろいろなことが、スムーズに行き過ぎて、これから先いつ、どんなことでつまずくのかと思うと怖い……」と言うので、

「大丈夫。もしかしたら、福の神の敬介に守られてるのかもよ」と言うと、

「私もそう思う時がある。かわいがってきてよかったなって思う」と言いながらも、家で、悪ふざけをし過ぎて、半泣きにさせたりしている……（笑）

そして、「この頃は、過ごしやすくていい施設もあるし、敬介のことは、心配しなくても大丈夫。敬介だって、もっと大人になって自立ができてきたら、家族と離れて暮らしたいと思うかもしれないよ。でも、やっぱり、ハンディのある兄弟がいるということは、多少でも背負うものがあるやろうから、その分得もあるんやで。きっと」と言ってやるとにこにこして、私の話を聞いている姉です。

小さい頃から、感受性が強くて人の気持ちをサッと読みとり、気を使いしんどくなるタイプで、優しいけど気は決して弱くない……しっかり者の甘えん坊さんの姉でした。しかし、弟が産まれることで今まで一人占めにしていた親プラスばぁばの愛情が、半減するわけですから、たまったもんじゃあなかったと思います。彼女は、その気持ちを「ママ、いやや」「ママ、きらい」と母である私を拒否することで表していたように思います。しかし、その頃は、敬介に障がいがあるなんて思ってもみなかった時期だったので、それまでは上の子の宿命でしょうか……そして、年齢が増すごとに、敬介の行動、発語の遅さなどで自閉症かも……と診断された時は敬介は3歳、姉は5歳の頃でした。幼稚園への入園準備をしていましたが、敬介が療育施設であるパピースクールへ急遽入園することになり、家にいるはずのばぁばが送り迎えに借り出され、準備していた入園道具はすべて幼稚園に引き取ってもらい、保育園に通わなければなりませんでした。この頃の姉は弟のことをどう感じていたのでしょうか……。

ある日、家で敬介をソファに投げると大変よろこんだので、何度もして、夫も私も思いっきり笑っていたら、それを少し離れたところからそっと見ていた姉がいました。私は、はっと気がつき「なっちゃんもする?」と聞くと、小さい声で「なっちゃんも……いいの?」と遠慮がちに答えました。その時、この子はずっと我慢してたんだ。同じようにしてほしかったんだ、と気づき、それからはできるだけ何でも姉弟同じように、そして一緒に遊ぶことを心がけました。寝る前のお布団でのみんな遊びは私の楽しみでもありました。「大亀の上に小亀を乗せてぇ～♪……」(名字も小亀なもんで……)と歌いながら、二人を背中に乗せてタイミングを計り、バーンと崩れたり、姉弟でじゃんけんをして、負けた方にこちょこちょ攻撃とか。二人はいつも声をあげてよろこび、この頃から敬介は姉のことが大好きなようでした。

そして、そのうち、敬介も姉と同じ小学校に通うようになるにあたり、少々心配になったのが、みんなとは少し違った弟が学校に行くことで、お友達に何か言われ、つらい思いはしないだろうか……ということでした。私だけではなく、障がい児をもつ親はみんなそれぞれ、きょうだいに対しては同じ思いだと思います。そしてその時、姉には「これから敬介が学校に行くと、もしかしたら、誰かに何か言われるかもしれないけど、敬介は、決して恥ずかしい子じゃないからね。敬介にできてみんなにはできないことだってある。もし、バカにする子がいたなら、その子こそ、何かがあって心に傷があってかわいそうな子なのかもしれないよ」と話すと、小学校2年生だった彼女は真剣に私の目をしっかりと見て「わかった」と答えました。

障がいとは? とか、弟に障がいがあるということを、どのタイミングで受け入れて理解するのかしないのかは本人にしかわかりませんが、この時点ですでに「障がい児のきょうだい」をカミングアウトされるわけです。

しかし、そんな心配とは裏腹に、お友達が家に来ては敬介をひざに乗せてかわいがり「私も敬ちゃんみたいな弟がいい～」なんて言われたり、地域の人たちからはしっかりした面倒見のいいお姉ちゃんとして有名で、嘆き悲しむことはあまりなかったと思います。それでも、やっぱり姉として弟のことを不憫に思い、小さな心が傷ついたりしたこともあったと思うし、家でも「いいなあ。敬介ばっかり……」と不満を連ねることもありました。そんな時は「なっちゃんは、敬介が産まれる前は、パパもママも独り占めで、みんなにすごくかわいがってもらったし、今もみんなで、なっちゃんを応援してるやん。かしこい頭で産まれてきたし、お友達と楽しくおしゃべりしたり、自由に遊んだりできるやん。敬介は、そんなこともなかなかできないから、ちょっとは大目にみてやってくれへん？」と言うと「なっちゃんが、最初に産まれて、ママの栄養を全部取っちゃったんやね」と彼女なりに理解しようとしていたのだと思います。

そして、そんな姉のことが大好きな敬介が、初めてしゃべった言葉がパパでもなくママでもなく「おねえちゃん……」（なんとぉ！）

そして、姉が、小学校4年生の時に書いた作文が、岸和田市の小学校の作文集『石ころ』に載りました。

「私の弟けいすけ」（浜小学校）小亀菜摘　石ころ　№67
私の弟けいすけは、とってもかわいいです。でもおこると、大きな声でキーキー言います。私は、その時すごくイライラします。でもけいすけは、「自閉症」というハンディを持っています。ハンディを持っている人の数は、普通の人より、とても少ないです。

けいすけは、言葉を全然話す事ができませんでした。普通1歳になると、パパやママなどと話すことができると思います。しかし、けいすけは4歳の時にはじめて話をすることができました。その言葉は、「おねえちゃん!」でした。私は、心の底からうれしかったです。本当の事を言うと、けいすけは、知らない人や子どもたちから、「へんなの?」という目で見られます。だから私はとても悲しいです。でも今は、私と同じ浜小学校に通っています。今では、けいすけにもたくさんの友だちができたり、いい先生たちにも出会えてとっても幸せそうです。毎日「明日学校に行くよ!」とうれしそうな笑顔を見ると、私までが幸せになります。

私は、けいすけのことでおこると、けいすけがしょうがいを持っていなかったらと思ってしまいます。

最近、けいすけは、だんじりの本をずっと見ていて、ほりものだけの写真を見て、どの町かあてることができます。私は、すごいなあと思いました。家では、パパとママが、けいすけに言葉を教えています。私も宿題を教えたりしています。ママは、わたしのことを「なっちゃんは、けいすけの一番の先生やなあ」と言ってくれます。

けいすけは、いろいろな人に助けてもらっています。友だちや先生方、パパ、ママ、バーバなどの人がいるから、けいすけは幸せだと思います。

私自身、敬介が姉と一緒に遊んでいるのを見ている時、一番気持ちが和みました。

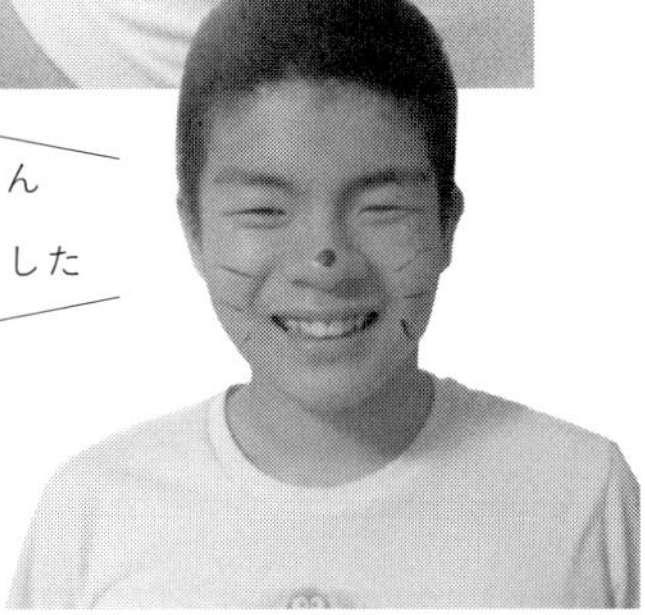

こんなん
なりました

ツーショットで並んでいる姿、寝ている姿、超かわいかったし、このまま時間が止まってほしいとさえ思いました。

そして、姉は小さい頃から本当に感心するくらい、敬介のよろこぶ遊びを見つける天才でした。それでいて、敬介には私より厳しく、泣かしたりすることもたびたびありますが、敬介は姉の言うことをよく聞き、一緒にいるととても楽しそうで、今でも姉のことが大好きです。

こぼんちゃん日記

KOBONCHAN's Diary

「○月△日　こそこそ話…?」（2011・1）

想像してください……

姉が自分の口の横に手をあて、こぼんちゃんにコソコソ話…?

しかし、こぼんちゃんも姉に口を向ける…「えっ!」

今度は姉が耳に手をあて「ナ〜ニ?」というポーズ。

しかし…こぼんちゃん、自分の耳を姉の耳へ……それじゃあ、コソコソ話にならんじゃないか!

家族大爆笑!!　こぼんちゃん、きょとん（なにかおかしい……??　Byこぼん）

「ある日の夕ご飯…（2011・6）」

いつも、姉と並んでご飯を食べるこぼんちゃん。姉と楽しそうに会話?? 言葉を交わさなくても、「せっせせのよいよいよい♪」をしたり…じゃんけんをしたり、こちょこちょしたりと…姉と普通に遊ぶこぼんちゃんを見て、唯一、ワタクシの頭の中から「障がい」という文字が消えさるひとときであり、家族が全員そろう貴重な時間♡

しかし…食べ物にシビアな彼は…大好きなものが出てくると、独り占めしてしまう。

姉がお皿にあるミートボールを食べようとした瞬間!! 「あ〜〜!!ダメダメェ〜〜!!○×＊」と机をたたいて怒り出しました。たった一つのミートボール……

「こぼんちゃん！ 食べ物のことでそんなに怒らないの!!」と大声で怒るワタクシ。

「ごめんなさ〜…」と言う途中でおしりを浮かし、ブー！ と大きなお・な・ら。

「なんで、このタイミングなん??」と姉が爆笑！ アハっ… あはは……

「こぼんちゃん、今のなに?」

「お・な・ら」

「わかっとるわ！」

「正月編　昨年の暮れのこと…」

毎年、パパの実家である香川に帰るのを楽しみにしているこぼんちゃん…でも…

暮れに姉が熱を出し、これは無理か⁉（こぼんちゃん、一大事！）

「おねえちゃん、おねつ……」とこぼんちゃん（ちゃんと家族の話を盗み聞きしている）。

「そう、おねえちゃん、おねつあったら田舎いけないよ。いなかバツ。おねえちゃんだけおるすばんする？」と言い聞かせるワタクシ…しかし、こぼんちゃんは…

「おねえちゃん　いっしょにつれていく」「おねつ持っていく…」

アハハ……う〜ん、おねえちゃんに熱があっても一緒に田舎に行きたかったんだろうな…

おねつは荷物…⁉（暮れには無事、田舎に帰れました）

「こぼんちゃん、歌をおぼえる⁉」（2013・9）

きゃりーぱみゅぱみゅ…歌います。「つけまつける」ほか…めちゃ音痴ですが、ノリノリで歌います！

車に乗る時、毎回、姉とBGMの曲の取り合いです。

ついこの間も…姉に前の席を取られたこぼんちゃん…

「きゃりーぱみゅぱみゅ、かけないよ」（かけて…やろ？）

「○時○分なったらきゃりーぱみゅぱみゅかけようね」（それはあってる）

「じゅんばんです」（それもいいよ）

車内で立席…ガチャガチャ（無理矢理、曲をかえようとしている…それはあかんやろ）

姉…「ん〜もおぉ〜‼　はらたつ〜！△＊×××」

（車中：プチ…シーン……　サイレント）こぼんちゃんもサイレント…

（中３のあんたも大人げない…まあ、受験でイラついているのだろう…）

その日のこぼんちゃんの宿題の日記には…

『今日はとんぼ池公園にいきました。昼ごはんを食べました。

しゃぼんだまをしました。

次につたやに行きました。ラーメン屋さんに行きました。

ラーメンをたべました。

おねえちゃんで、けんかをしました。たのしかったです』

おねえちゃん「で」ではなく「と」だね。こぼんちゃん。で、楽しかったんかい！　でも、これだけの長文が書けるようになったこぼんちゃんです。

それから…こぼんちゃん２０１３年の夏休みは、なにげに忙しく…

まずは、子ども会のキャンプにお邪魔し、夜、木の切り株に立ち、歌と踊りでみんなを笑わせていました。

「おねつ、持っていく……」

おそらく……「おねえちゃんに熱があっても、田舎に一緒に行こうよ」と言いたかったのだと思います。敬介は数少ない「言葉」の引き出しの中から、言葉を選んで相手に伝えようとします。それが、毎回おもしろいやらかわいらしいやら……

敬介のことは、小さい頃から「障がい」ということをあまり意識せずに育ててきました。姉にも、「弟には、障がいがあるんだから……」とはあまり言わずにきたつもりです。

でも、問題行動などは、仕方がない障がいなんだから……とあきらめず、なるべくなくすように方法を考え実践しました。それを見ていた姉は、人と目を合わせる練習やあいさつなど、いつも私を完璧にマネて、しっかりと何度もくり返し教えてくれました。おそらく母親の私よりも敬介のことを観察し理解していると思います。そして、敬介は年の近い姉がいて、姉のすることをマネたり、一緒に遊んだりすることで、よりいっそう成長できたことは間違いないと思います。

しかし、姉もまた、思春期などのややこしい時期には、学校でいやなことがあっても、「敬介の顔見てたら癒される。いやなことなんて忘れるわ」とよく言っていました。

それから、姉は、私も思いやってくれました。

人からは、超ポジティブ、ノーテンキと言われる私でも、思い通りにいかない敬介のことで、行き詰まり疲れ果てることもあり……ある日も「敬介がいたら何にもでけへん！　もういやや！」と自転車の後ろに乗っている敬介の足を何度もたたいてしまったことがあり、姉が敬介を避難させるかのように「敬介！早く家に入り！」と家に入れていたり……敬介に怒り疲れ沈んでいたら、「ママ、このパン好きやろ？」と言って、おこづかいで大好きなパンを買ってきてくれたり……小学校で、敬介が自分の好きな給食のおかずをみんなに「おかわりちょうだい」と器を持って回っていたことを知り、家に帰り、ばぁばに今日はこんなことがあったけど、ママには言わんといてな。悲しむから……と子どもながらに気を使ったり……きっと自分もそんな弟のことを不憫に思って悲しかっただろうに、母親のしんどい気持ちにも気づき思いやってくれていたのでしょう。

そして、そんな娘に私たち家族がしてやれることは、どんな時も彼女の応援をすること、おいしい食事を作り、楽しいひとときにすることでした。それから、学校の行事すべて、ピアノの発表会、そして、姉が大好きな卓球の試合は、かかさず、敬介も一緒に応援にかけつけました（敬介は退屈で仕方なかったと思いますが……）。それらは私たち家族の楽しみでもありました。

それでも、やはり障がいのあるきょうだいをもつということは、その子にとっても生まれつきのリスクを背負うということで、並大抵ではないと思います。

だから、将来私たち親がこの世からいなくなってしまった時に、姉に負担がかからないようにと思う気持ちもあり、少しでも自立できるようにと敬介のことは育ててきました。姉はきっと、負担になんて思わないだろうけど、ハンディのある弟がいるということで、結婚などに弊害があるかもしれません。また逆に幸福を呼ぶことだってあるかもしれません。しかし、敬介の存在で他では味わえない気持ちも養え、感受性も豊かになり心の幹がどこかしら太くなっているのも確かだと思います。だから、これからの長い人生の中で何かでつまずくことがあっても、自信をもって、何事もポジティブに受け入れマイペースを保ち、幸せをつかんで人生を楽しんで歩んでいってほしいと願っています。

つい最近のこと……

「あ、あ、おねえちゃん、おねえ〜ちゃん！」と話しかける弟に「もう、うるさいなあ！」と面倒くさそうに言いながらも、「敬介にうるさいなあって思う日が来るとは思ってもなかったわ」とうれしさを隠しきれず笑みを浮かべる姉です。

なっちゃん、ありがとう！

コラム

姉の気持ちいろいろ

敬介！　おねえちゃんといっしょに……

小亀　菜摘

障がいをもっている弟。小さい頃、母から「敬介は恥ずかしい子じゃない」と言われ、頭ではわかっているのですが、どうしても周りの目を気にし、敬介が一人で話したり大きな声を出すと恥ずかしくて他人のフリをしたくなることが多くありました。

私の物心がついた時にはすでに敬介は『自閉症』と宣告されていました。幼すぎてそれが何なのか理解できない私にとって、両親が敬介だけしか見ていないように感じ、寂しく、敬介がうらやましいかぎりでした。

私と敬介が同じ学校に通っていたのは、小学校の四年間だけでした。敬介が一年生の時、慣れない環境でつらかったのか授業中、休憩時間関係なく私の教室に来ていました。授業中にもかかわらず、こちらに向かって歩いて来ているのを初めて見た時はギョッとしましたが、私の担任の先生は「おお！　けいちゃん、いらっしゃい！　お姉ちゃんに会いにきたんか？」と温かく迎えてくれ、クラスのみんなもニコニコしながらその光景を眺めてくれていました。これからの不安が一気にとれた瞬間でした。小学校にも慣れ、たくさんの友達に囲まれて校庭で楽しそうに遊んでいるところを見ると、うれしくてうれしくてたまりませんでした。

あぁ、敬介は私がいなくてもやっていけてる。と姉離れを少し感じました。

中学では違う学校に通ったため、学校内で敬介を知る人が少なくなり、また敬介のことを知られるのが恥ずかしいと考えてしまい、「弟何年生？　どこの学校行ってるん？　私立？」という質問に毎回言葉がつまり、支援学校に通っていることをなかなか言い出せずにごまかすばかりでした。家に友達が来るとなった時には、どう説明しようとか、敬介のことを知られると私は嫌われてしまうのか、などいろいろ考えました。

高校に入ると、敬介を恥ずかしいから隠そうと考えることはなくなりました。しかし、自分から敬介のことを発信することもありませんでした。そこで高校二年生の時、仲良しグループが初めて家に来ました。家に来ることが決まった時、やはり一瞬不安を感じました。けれど、そんな不安は全く必要ありませんでした。敬介は私の友達に懐き、隣から離れず、ずっとトランプの相手をさせ、大好きなクラッカーをみんなでならし、テンションMAXな状態で、そんな敬介に私の友達は嫌な顔ひとつせず、いつまでも敬介の相手をしてくれました。

「けいちゃん、めっちゃかわいい。お前いらんからけいちゃんグループに入れよよ（笑）」と言われ、「マジかよ」と言いながらも頬が緩むのを止められませんでした。それからは、家であったことなど、さまざまな敬介のことを自らたくさん発信するようになりました。

夜寝る前や一人でぼーっとしている時、将来のことを考えることがあります。正直、不安しかなく、マイナスなことしか考えられません。敬介に障がいがなかったら…と何度も思いました。なるようになる！　最終的にはこの答えにたどり着くのですが、本当にこの悩みだけはいつになっても解決されません。

敬介には人を寄せつける力、癒す力、楽しくさせる力など、人を幸せな気持ちにする力をもっていると私は思っています。実際、私自身も疲れた時や精神的にしんどい時、無意識に敬介の所へ行き、特に一緒に遊ぶわけでもなく隣にいることがあります。なぜか気持ちが落ち着きます。何を考えてるのかは全くわかりませんが、敬介の屈託のない笑顔ほど癒されるものはないです。これからどんなことが起こっても敬介の姉は私一人です。しんどい時は敬介の笑顔に癒されながら、しっかり支えていきたいと思います。

どんなことでもドンと来い！

敬介、私の弟に生まれてきてくれてありがとう。これからもいろんなこと、一緒に乗り越えていこうね。

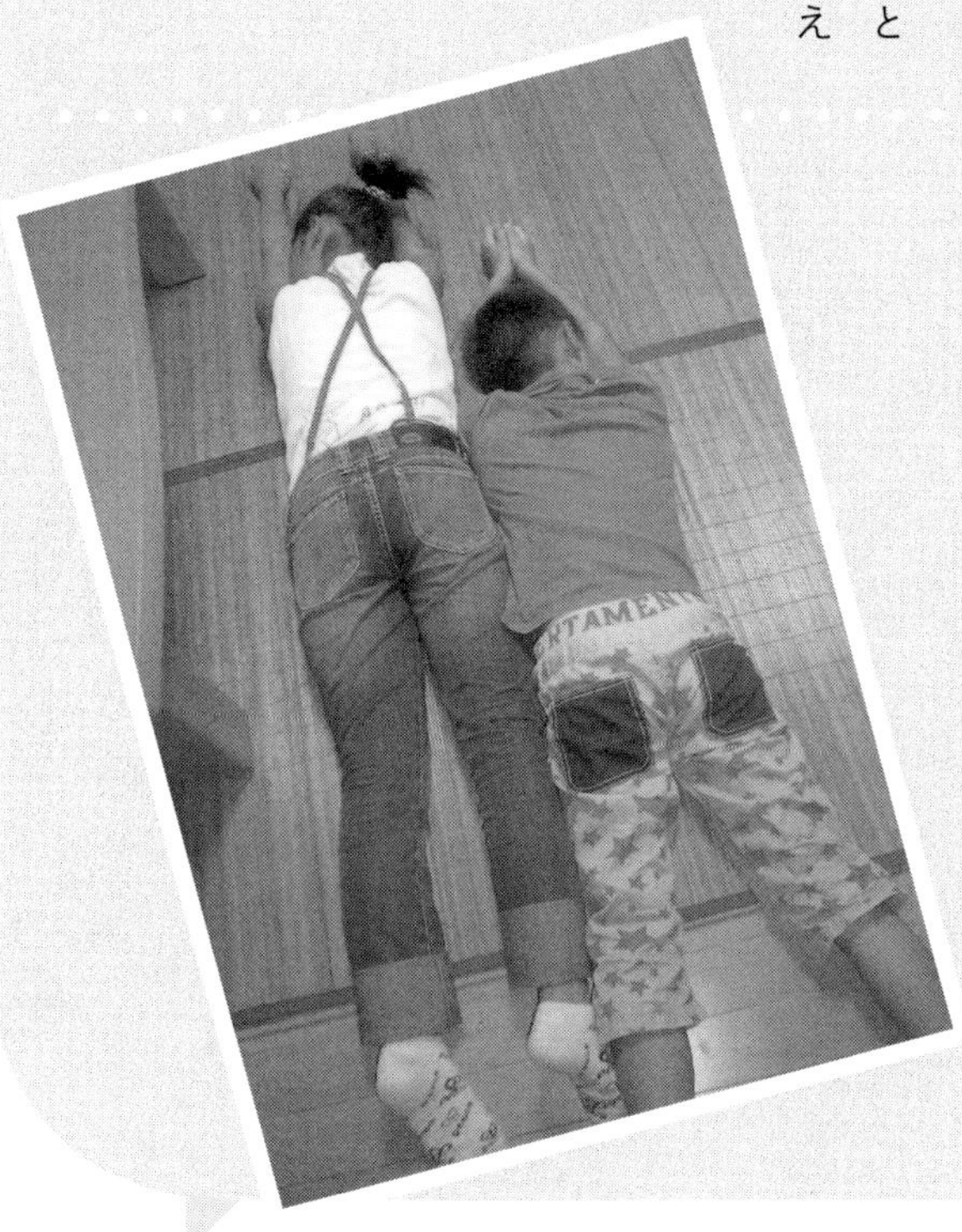

EPILOGUE
あした晴れるよ

この本を、ここまで読んでくださりありがとうございました。
ユニークな自閉症の世界、いかがでしたか？

こぼんちゃん日記

部屋の片づけをしていると、ほぼ10年前のこんなものが出てきました。

10年……長いようで短かったように思います。ゆっくり歩くどころか、走り続けて来たような気もするし、もっと何かできたような気もする……

そして、この時の念願だった「ママ」と呼ばれること……もしかしたら一生、この子はワタクシのことをそう呼ぶことはないかもしれないと思ったこともあったけど、今は「おかあさん」と言えるようになりました。「おかあさん……」そう呼ばれるたびに、どんなに疲れた時だって「はいはい、なあに？」と返事するワタクシです。

10年前を振り返ると……ストイックに何かを調べたり、みんなにわかってもらいたくて肩に力が入っていたり、楽しいことよりも悲しいこと、悩むことの方が多かったのかもしれません。でも、そんなこどもきっとプラスになっていて、ゲームに例えると今の自分には、いろんなツールやアイテムを身につけたように思うし、大切な宝物もいくつかゲットできたようにも思います。「いっしょにね!!」の仲間や、地域の輪もかけがえのない宝物の一つ。そのおかげで、今は青年になりつつある自閉症の息子とおもしろおかしく日々を過ごせています。

これからまた10年後は、どう過ごしているのかなあ……?

断捨離をして、また新しいアイテムを探してみようかな……宝物はたくさん要らないから、これからも大切にしていこう！ みなさんも10年後、想像してみてね。


2004年9月6日、今から11年前、毎日新聞の「あなたの手紙」という企画に投稿して、夕刊に載りました。

この頃の敬介はもちろんまだ、私たち家族に言葉を発することはありませんでした。しかし、何十台ものだんじりの町名が言えたし、だんじりの模型でずっと遊び、だんじり好きな様子は見て取れました。そしてこの頃の私は、わが子に寄り添い、これからの人生を見すえ、覚悟しつつもわが子の心の声が聞きたくて、ママと呼んでほしくてたまらなかったのだと思います。わが子への将来の夢も抱きながら……。

そして、今のこぼんちゃんは背丈は170㎝にもなり、スラっと伸びた手足で、祭りのはっぴもとてもよく似合う青年になりました。現在もだんじりオタクで、小さい頃の私と同じように、毎日、学校や家で机を太鼓がわりにしてたたき、祭りの記念品のだんじりで町名などが書かれた布袋に、7つ道具（実際は3つくらいですが）を入れ、どこに行くのにも持ち歩いています。NHKの幼児番組を見たり、DVDなどの同じところをくり返し見たりすることは小さい頃と変わりません。でも、自分の行きたいところを言え、好きな友達と遊び、自分で計画を立て春休みや夏休みなどのロングバケーションには、ばぁばとツタヤに出かけては毎回同じDVD「ミルモでポン！」を借りることを楽しみにして、よくしてくれる店員さんの名前を覚え「かとりさん、今度は7月15日に来るね！」などと約束して帰ってきます。

　放課後や休日には、ここでもよくしてくれるデイサービスのスタッフさんやお友達とお出かけをしたり、スポー

拝啓　敬ちゃんへ

4歳のお誕生日おめでとう。いつも指を吸って、下向き加減だった敬ちゃんが最近はしっかりと前を向き、ママの顔もじっと見るようになったね。
3歳の時、自閉症と診断されたけれど、敬ちゃんは自分のペースで成長してきたね。えらかったね。最近はお姉ちゃんの保育園で人気者ですね。

これから先も長いんだから、ゆっくり歩いて行こうね。ママも一緒に、こけないように合わせて歩いていくからね。どんなだんじり好きな、やんちゃな男の子になるのかもすごく楽しみにしています。そして「ママ」と呼んでくれる日を、首がキリンさんになっても待っているからね。

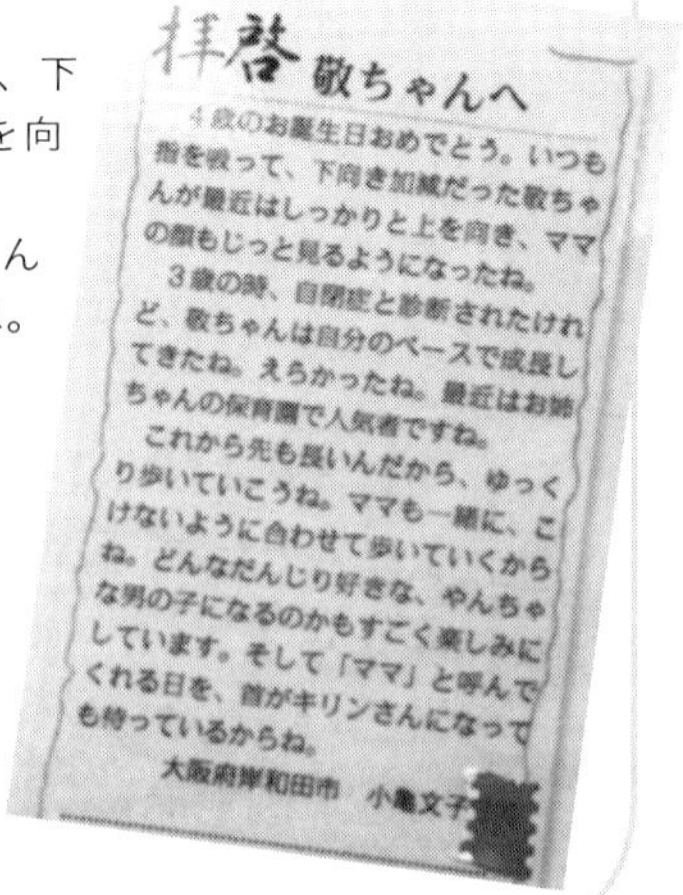
拝啓 敬ちゃんへ

4歳のお誕生日おめでとう。いつも指を吸って、下向き加減だった敬ちゃんが最近はしっかりと上を向き、ママの顔もじっと見るようになったね。
3歳の時、自閉症と診断されたけれど、敬ちゃんは自分のペースで成長してきたね。えらかったね。最近はお姉ちゃんの保育園で人気者ですね。
これから先も長いんだから、ゆっくり歩いていこうね。ママも一緒に、こけないように合わせて歩いていくからね。どんなだんじり好きな、やんちゃな男の子になるのかもすごく楽しみにしています。そして「ママ」と呼んでくれる日を、首がキリンさんになっても待っているからね。

大阪府岸和田市　小亀文子

ツをして過ごし、姉の友達が大勢来た時は仲間に入り、一緒にご飯を食べ、絵本を順番に読ませてみたり、小学校のお友達とも一緒に時間を過ごしたりと、家族以外の人との交流も自らできるようになってきました。いまだ成長中！

それから、姉のなっちゃんは、「勉強ばっかりしたらバカになるで〜」という私の言葉にも屈さず、今までに出会った先生方を目標に、小学校の先生になることを目指して、毎日頑張っているようです。敬介とは？　忙しい中、弟との時間を取り一緒にゲームをしたり「おねえちゃん、ボウリング連れていく」と誘われ、二人でボウリング場に出かけたり、部屋で追いかけまわしたり、二人でまったりとしている姿は小さい頃と変わりません。

そして、パパは……

岸和田に移り住んで約20年。だんじり祭りのうんちくも言うようになるくらい岸和田に馴染み、すっかり地元密着型になり、それなりに楽しそうです。そして、小さい頃は、私との行動が多かった敬介ですが、今では背丈もパパを追い越し、当然ながらトイレなど女性用には適用しなくなってきているおかげで、敬介とパパが一緒の時間が増えています。

お買い物に出かけたり、休日にはまだ産毛のようなヒゲを剃ってやったり、「おとうさん、おふろにいきます」と誘われ、銭湯に二人で出かけたりと、男どうしのつきあいが増えているせいかこの頃は私ではなく……「お父さんは？」とよく聞いてくるのがちょっと悔しい……そして、姉までも、私とではなくパパとスタバなどに出かけ、腑に落ちない……でも、家族や人がよろこぶことには惜しまず体を動かすお父さんなので許しましょう（笑）。

それから……

ばぁばは、敬介の通学のバス停までのお迎えを仕事とし、日中は韓国ドラマを見て泣き笑い。毎週、老人会の仲間と体操に出かけ、体よりも口の運動を重点に、その老人会の集まりに出かけては敬介の話題で場を盛り上げ、ここでもきっと泣いたり笑ったりしているはず（笑）。おかげで、町の老人会では敬介のファン増加中！「これ、敬ちゃんに！」と言って、大好きな焼きそばをはじめ、いろいろなものが家に届きます。そして、晩酌と孫の成長を楽しみに、気分上々という日々を過ごしています。

「元気で長生き」をモットーにこれからも頑張ってほしいと願っています。

ワタクシ……？　ワタクシは、家で敬介に「お母さん、あっちいってください」と邪魔にされようが「敬介、お母さんのこと、すき？　きらい？　ふつー？」と聞き「ふつー」と言われようが「敬ちゃん、お母さんとあそぼうよ～」とくっつきに行き「かわいい♡」と言い過ぎるため、娘にかわいいと言葉を発するたびに50円の罰金刑にされるという毎日。大男になろうが、体毛が生えようが、かわいいと思うのはしようがない。そして、以前と変わらず、幼い頃からの同級生、ママ友の会、会社の同僚、子ども会をともにしてきた「堺町奥様隊」、いとこが集う「いとこ会」などの会で定期的に集まり、お世話になった先生方と食事に出かけたり、洋食焼でホームパーティーを開いたりと、人と会うことをモットーに、日々忙しくしています。しかしながら、どの仲間も様々な場面でいろいろなことで支えてもらい、私にはかけがえのない大切な友人ばかりです。

そして、祭りにはいまだにはっぴを着て登場。遊ぶことに事欠かない超自由人？な私を何も言わず放置してくれ、陰で支えてくれた夫に大感謝です。そして、今も敬介と一緒に海や山、観光にと出かけ、笑顔で過ごしたいため、更年期障害がいつ訪れるかと気にしつつも、ランニング、体幹運動と、日々体力作りをしています。もちろん、娘と一緒に行きたいところもいっぱいあるので、おしゃれすることも忘れてはなりません。

そして、これからも敬介の将来のことを考えつつ、夫婦で健康おたくになり、自分の好きなことを見つけて、楽しい時を過ごそうと、日々思いを巡らせています。

それから……今の浜校区では……

「おはよう！　お兄ちゃん、大きなったなあ……」

「あのな、今日もハイタッチしていったで」

「毎日えらいなあ。いってらっしゃい！」

小学校から見守ってくれていた方たちが今も変わらず、毎朝道に立ち、敬介たちを見送ってくれ、私たちを励ますエールを送ってくれます。そして「あ、けいちゃんや！」「けいちゃん、元気にしてる？」校区の小学生や、高校を卒業した子たちまでも声をかけてくれます。そんな中、支援学校の同級生と一緒に通学する日々、今はまだ私たち親が付き添わなければいけませんが、自力で通えるようにと少し後ろをついて行きます。町の人たちとのふれあいを見つめながら……

この十数年で、自閉症を克服できたか？ と聞かれるとイエスとは言えないでしょう。でも、自他の区別もつくようになり、「みんなで食べるね！」と残り少なくなったおかずはいつもみんなに取り分けてくれます。人を待てるようにもなりました。そして何より、家族のことを気にかけ、「お父さんは？」「おねえちゃん、どこいった？」オネエ語＋イントネーションがおかしい片言の大阪弁で話しかけてきます。

よく一緒にでかける敬介が大好きな私のいとこ夫婦と京都にて

今でも姉のことが大好きです。しかし、問いかけても「うん」とうなずくこと、「いいえ」と首を横に振ることはいまだしません。

社会性については……言葉では「順番」と言うのですができなかったり、大きな声を出したりと、公共の場でも思いのままの行動をしてしまうことも多く、まだまだ一人での行動は難しいようです。でも、心なしか最近は、世間の人たちの目が優しくなってきているような気がします。

それから、家族は自閉症とやらにうまくつきあっていけるようになり、彼らの純粋、素朴、しかもユニークな人間味あふれるところも見つけることができました。そして、何より敬介と私たち家族が居心地のよい「地域」という大きな居場所ができたことはある意味で克服かな……。

家庭状況はもちろん、障がいの程度、性格などみんな違うので、今まさに、自閉症児、障がい児を育てているご家族の方に、こうすればうまくいくよとかいうことは言えません。でも、一歩外に出て人と関わってみると何か得るものがあるかもです。余力のない人は活発な人の隣にいれば元気が出るかもです。力のありあまっている人はあらゆる所に関わりながら、いろんなことに挑戦してみたらさらにパワーが出ると思います。どちらにせよ、一人で抱え込まないで、どこかに、どなたかに発信してみてください。

それから、私が今までしてきてよかったなと思うことは、そのままの敬介を早期に認めて受け入れ、できたことは最大級にほめたこと。健常の姉と同じように「ありがとう」「ごめんなさい」など、生きていくのに最低限のルールはしつこく何度も教えてきたこと。食事は少々制限をしたこと（そのおかげか今では超スタイル抜群！）。いろいろな所にみんなで出かけ、楽しい経験や初めての体験をたくさんさせたことかな。それから、子どもと親とは以心伝心なのだと、今まで何度も思ったことがありました。私たち親が悲しめば子どもたちもつらいだろうし、楽しく過ごせば楽しい気分になれると思います。きっとそうです。

「拝啓　15歳の敬介へ」

敬介が我が家にやってきて15年が経ちました。最初は、お父さんもお母さんも周りと少し違っていたあなたに戸惑い、不安でした。でも、あなたを見ているだけで笑顔になれたし、いてくれるだけで私たちを幸せな気分にもしてくれました。

敬介のおかげでたくさんの出逢いがあり、たくさんの人を好きになれたよ。

それから、この15年間、家族にたくさんの大切なことを教えてくれて、お金では買えない宝物をいっぱいプレゼントしてくれました。おかげでどんなに豊かな人生になっていることか。本当にありがとう。

それから、敬介はいつも周りの人を癒し、笑顔にする力があるようだから、これからも十分に力を発揮してください。そうすると、これからも幸せな日々になるよ。

そして、将来「こぼんちゃん、癒しの小部屋」を開きましょう（笑）

家族が大好きな敬介だけど、いつかは自分の力で生きていかなくちゃね。

でも、それまではずっといっしょにいようね。

「あした、はれるよ！」あなたの口癖。気分はいつもこうでなくちゃね！

やっぱり、あなたは天から我が家に舞い降りた神様だったのかしら……

すべてのハンディのある子どもたちが、この世で生きやすくなりますように……

最後に、「いっしょにね!!」のおたよりに、毎回掲載していただいていた「こぼんちゃん日記」を「これが本になればいいね」とおたよりの編集長の花田律子さんをはじめ、いつも応援してくれていた「いっしょにね!!」の仲間たち、それを実現に導いてくださった髙田美穂さんと、出版にあたりクリエイツかもがわの田島英二社長と編集の伊藤愛さん、アートディレクターの菅田亮さんとの出逢いに心より感謝申しあげます。

profile

小亀文子〈kogame ayako〉

1966年、大阪府岸和田市生まれ
夫、娘、息子、実母の5人家族
好きなこと：自然体でいること、走ること
地域で自閉症の子どもをおもしろ楽しく育てながら、ハンディのある子とない子と大人たちの楽しい出会いの会「いっしょにね!!」のグループに所属し、仲間と共に学校などで、障がい児者理解の「出前紙芝居」など活動中。

こぼんちゃん日記
自閉症の息子と育つ

2017年5月15日　初版発行

著　者　© 小亀文子
発行者　田島英二
発行所　株式会社 クリエイツかもがわ
〒601-8382　京都市南区吉祥院石原上川原町21
電話 075(661)5741　FAX 075(693)6605
ホームページ　http://www.creates-k.co.jp
メール　info@creates-k.co.jp
郵便振替　00990-7-150584
印刷所　モリモト印刷株式会社

ISBN978-4-86342-212-4 C0037　printed in japan

日本音楽著作権協会（出）許諾第1703509-701号